수탉

수탉
한국 근대 단편 소설 텍스트힙

초판 1쇄 인쇄 2025년 5월 16일
초판 1쇄 발행 2020년 5월 25일

지은이 · 이효석

펴낸곳 · 칼로스 | 출판등록 · 2020년 12월 8일 (제2020-000022호)
이메일 · uranos711@naver.com

- 무단 전재와 무단 복제를 금합니다.
- 책값은 뒤표지에 있습니다.
- 파본은 구입하신 서점에서 교환해드립니다.

ISBN 979-11-94897-01-9(03810)

kalos

수탉

이효석 지음

kalos

목차

수탉   6

박돌의 죽음   30

보석 반지   64

그믐밤   104

동대문   178

십삼 원   202

수탉

을손은 요사이 울적한 마음에 닭 시중도 게을리하게 되었다. 그 알뜰히 기르던 닭들이 도무지 눈에도 들지 않으며 마음을 당기지 못하였다. 모이는새로에 뜰 앞을 어른거리는 꼴을 보면 나뭇개비를 집어 들게 되었다. 치우지 않은 우리 속은 지저분하기 짝이 없다.

두 마리를 팔면 한 달 수업료가 된다. 우리 안의 수효가 차차 줄어짐이 그다지 애틋한 것은 아니었다. 도리어 제때 가질 운명을 못 가지고 우리 안을 헤매는 한 달 동안의 운명을 벗어난 두 마리의 꼴이 눈에 거슬렸다. 학교에 안 가는 그 한 달 수업료가 늘려진 것이다.

　그 두 마리 중에서도 못난 한 마리의 수탉—가장 초라한 꼴이었다. 허울이 변변치 못한 위에 이웃집 닭과 싸우면 판판이 졌다.

　물어뜯긴 맨드라미에는 언제 보아도 피가 새로이 흘러 있다. 거적눈인데다 한쪽 다리를 전다. 죽지의 깃이 가지런하지 못하고 꼬리조차 짧았다. 어떤 때는 암탉에게까지 쫓겼다. 수탉 구실을 못하는 수탉이 보기에도 민망하였으나 요사이 와서는 민망한 정도를 넘어 보기 싫은 것이었다. 더구나 한 달의 운명을 우리 안에 더 붙이게 된 것이 을손에게는 밉살스럽고 흉측스럽게 보일 뿐이었다.

　학교에 못 가는 마음이 몹시 답답하였다.

　능금을 따고 낙원을 쫓겨난 것은 전설이나, 능금을 따다 학원을 쫓겨난 것은 현실이다.

　농장의 능금은 금단의 과실이었다.

을손은 그 율칙을 어긴 것이다.

동무들의 꾐에 빠졌다느니보다도 을손 자신 능금의 유혹에 빠졌던 것이다. 능금은 사치한 욕망이 아니다. 필요한 식욕이었다.

당번은 다섯 명이었다. 누에를 다 올린 후라 별로 할 일 없이 한가하였던 것이 일을 저지른 시초일는지 모른다. 잡담으로 자정이 되기를 기다렸다가 일제히 방을 나가 어둠 속에 몸을 감추고 과수원의 철망을 넘었다.

먹다 남은 것을 아궁이 속에 넣은 것은 감쪽같았으나 마지막 한 개를 방구석 뽕잎 속에 간직한 것이 실책이었다.

이튿날 아침 과수원 속의 발자취가 문제되었을 때 공교롭게도 뽕잎 속의 그 한 개가 발견되었다.

수색의 길은 빤하다. 간밤의 다섯 명의 당번이 차례로 반 담임 앞에 불리게 되었다.

굳게 언약을 해놓고서도 어느 때나 마찬가

지로 그 어디로부터인지 교묘하게 부서진다. 약한 한 사람의 동무의 입에서 기어이 실토가 된 모양이었다. 한 사람씩 거듭 불려 들어갔다.

두 번째 호출이 시작되었을 때 을손은 괴상한 곳에 있었다.

몸이 무거워 그곳에 들어간 것이 아니라 얼마 동안의 귀찮은 시간을 피하려 일부러 그곳을 고른 것이었다.

한 사람이 들어가 간신히 웅크리고 앉았을 만한 네모진 그 좁은 공간, 거북스럽기는 하여도 가장 마음 편한 곳도 그곳이었다. 그곳에 앉았으면 마치 바닷물 속에 잠겨 있는 것과도 같이 몸이 거뿐한 까닭이다.

밖 운동장에서는 동무들의 지껄이는 소리, 웃음소리, 닫는 소리에 섞여 공 구르는 가벼운 소리가 쉴 새 없이 흘러와 몸은 그 즐거운 소리를 타고 뜬 것 같다.

을손은 현재 취조를 받고 있을 당번의 동무

들과 자신의 형편조차 잊어버리고 유유히 주머니 속에서 담배를 한 개 집어내서 불을 붙였다. 실상인즉 담배도 능금과 같이 금단의 것이었으나 율칙을 어김은 인류의 조상이 끼쳐준 아름다운 공덕이다. 더구나 그곳에서 한 모금 피우기란 무상의 기쁨이라고 손은 생각하는 것이었다.

이것도 그곳의 특이한 풍속으로 벽에는 옷을 입지 않을 때의 남녀의 원시적 자태가 유치한 필치로 낙서되어 있다. 간단한 선, 서툰 그림이면서도 그것은 일종의 기쁨이었다.

을손도 알 수 없는 유혹을 받아 주머니 속에서 무딘 연필을 찾아 향기로운 연기를 길게 뿜으면서 상상을 기울여 그림을 그리기 시작하였다.

능금을 먹은 위에 담배를 피우며 낙서를 하며, 위반을 거듭하는 동안에 을손은 문득 학교가 싫은 생각이 불현듯이 들었다. 가령 학교에서 능금 딴 제자를 문초한 교사가 일단 집에 돌아갔을때 이웃집 밭의 능금을 딴 어린 아들을 무슨 방법으로 처벌할 것이며 그 자신 능금을 따던 소년시대를 추억할 때 어떤 감상과 반성이 생길 것인가. 또 혹은 학교에서 절제의 미덕을 가르치는 교사 자신이 불의의 정욕에 빠졌을 때 그 경우는 어떻게 설명하여야 옳을 것인가. 마치 십계명을 설교하는 목사 자신이 간음의 죄에 신음하는 것과도 흡사한 그 경우를.

가깝게 생각하여 특수한 과학과 기술을 배워야 그것을 이용할 자신의 농토조차 없는 형편이 아닌가.

변변치 못하다. 초라하다. 잔다란 보수를 바라 이 굴욕을 받는 것보다는 차라리 좁고 거북한 굴레를 벗어나 아무 데로나 넓은 세상으로 뛰고 싶다.

을손의 생각은 고삐를 놓은 말같이 그칠 바를 몰랐다.

아마도 오래된 듯하다.

하학 종소리가 어지럽게 울렸다.

이튿날 아버지는 단벌의 나들이 두루마기를 입고 학교에 불리었다.

무기정학의 처분이었다.

아버지는 어안이 벙벙한 모양이었다. 정든 아들을 매질할 수도 없었으므로.

을손은 우리 안의 닭을 모조리 훌두드려 팔아가지고 내빼고싶은 생각이 불같이 났으나 그것도 할 수 없어 빈손으로 집을 떠났다.

이웃 고을을 헤매다가 사흘 만에 다시 집으로 돌아왔다.

밭일도 거들 맥 없어 며칠은 천치같이 보낼 수밖에 없었다.

우리 안의 닭의 무리가 눈에 나 보였다. 가운데에서도 못난 수탉의 꼴은 한층 초라하다. 고추장에 밥을 비벼 먹여도 이웃집 닭에게 지는 가련한 신세가 보기에도 안타까웠다.

못난 수탉, 내 꼴이 아닌가? 을손은 화가 버럭 났다.

한가한 판이라 복녀와는 자주 만날 수는 있는 처지였으나 겸연쩍은 마음에 도리어 주저되었다.

을손의 처분을 복녀는 확실히 좋게 여기지는 않는 눈치였다.

복녀는 의지의 여자였다. 반 년 동안의 원잠종(原蠶種) 제조소의 견습생 강습을 마친 터라, 오는 봄부터는 면의 잠업 지도생으로 나갈 처지였다. 걸핏하면 게을리 되는 을손의 공부를 권하여주고 매질하여주는 복녀였다. 학교를 마치면 맞들고 벌자는 언약이었으나 을손의 이번 실수가 복녀를 실망시킨 것은 확실하였다. 무능한 사내, 복녀에게 이같이 의미 없는 것은 없었다.

하루저녁 복녀를 찾았을 때 을손은 모든 것을 확적히 알았다. 나온 것은 복녀가 아니요, 복녀의 어머니였다.

"앞으론 출입도 피차에 잦지 못하게 될 것을 생각하니 섭섭하기 그지없네."

뜻을 몰라 우두커니 서 있으려니 복녀의 어머니는 말을 이었다.

"기어이 알맞은 사람을 하나 구해봤네."

천근같은 무쇠가 등골을 내리쳤다.

"조합에 얌전한 사람이 있다기에 더 캐지도 않고 작정해버렸어."

복녀는 찾아볼 생각도 못하고 을손은 허전허전 뛰어나왔다.

'복녀의 뜻일까, 춘향 모의 짓일까.'

물을 필요도 없었다.

눈앞이 어둡고 천지가 헐어지는 것 같았다.

며칠 동안은 눈에 아무것도 어리지 않았다.

앙상한 밤송이 같은 현실.

한 달이 넘어도 학교에서는 복교의 통지도 없었다.

저녁때였다.

닭이 우리 안에 들어 각각 잠자리를 차지하였을 때 마을 갔던 수탉이 어슬어슬 돌아왔다.

또 싸운 모양이었다.

찢어진 맨드라미에는 피가 생생하고 퉁겨진 죽지의 깃이 거꾸로 뻗쳤다.

다리를 저는 것은 일반이나 걸어오는 방향이 단정치 못하다. 자세히 보니 눈이 한쪽 찌그러진 것이었다. 감긴 눈으로 피가 흘러 털을 물들였다.

참혹한 꼴이었다.

측은한 생각은 금시에 미움의 감정으로 변하였다. 을손은 불같은 화가 버럭 났다.

'그 꼴을 하고 살아서는 무엇해.'

살기를 띤 손이 부르르 떨렸다. 손에 잡히는 것을 되건 말건 닭에게 던졌다.

공칙하게도 명중되어 순간 다리를 뻗고 푸득거리는 꼴에서 을손은 시선을 피해버렸다. 끝었다 이었다 하는 가엾은 비명이 을손의 오장을 뒤흔들어놓는 듯하였다.

개살구

서울집을 항용 살구나무집이라고 부르는 것은 바로 집 뒤에 아름드리 살구나무가 서 있는 까닭인데 오대조 전부터 내려온다는 그 인연 있는 고목을 건사할 겸 지은 집이언만 결과로 보면 대대로 내려오는 꾸준한 그 살구나무가 도리어 그 아래의 집을 아늑하게 막아주고 싸주는 셈이 되었다. 동리에서 제일 먼저 꽃 피는 것도 그 살구나무여서 한창 제철이면 찬란한 꽃송이와 향기 속에 온통 집은 묻혀 무르녹은 꿈을 싸주는 듯도 하지만 잎이 피고 열매가 맺기 시작하면 집은 더한층 그 속에 묻혀버려서 밖에서는 도저히 집 안을 엿볼 수 없는 형세가 되었다. 살구나무집이라도 결국은 하늘 아래 집이니 그 속에 살림살이가 있을 것은 다 같은 이치나 그 살림살이가 어떠한 것이며 그 속에서는 허구한 날 무엇이 일어나는지 외따로 떨어진 그 집안의 소식을, 호젓한 나무 아래 사정을 동리 사람들이 알아낼 수는 없었다. 모든 것이 나무 속에 감추어져서 하늘의 별조차도 나무 아래 지붕은 고사하고 나무를 뚫고 속사정을 엿볼 수는 없었다. 푸른 열매가 익어갈 때 참살구 아닌 그 개살구의 양은 보기만 하여도 어금니에 군물이 돌았다. 집 안의 살림살이도 별수 없이 어금니에 군물 도는 그 개살구의 맛일는지도 모르나 그러나 그 살구를 훔치러 사람들은 집 뒤를 기웃거리기가 일쑤였다.

  도시 함석집이라고는 면내에서는 면소와 주재소, 조합과 학교, 그러고는 서울집이어서 사치하기로는 기와집 이상으로 보였다. 장거리와 뒷마을과의 사이의 넓은 터전은 거의 다 김형태의 것이어서 그 한복판에다 첩의 집을 세웠다 한들 계관할 바 아니나 푸른 논 가운데 외딸아 우뚝 서 있는 까닭에 회벽 함석지붕의 그 한 채가 유독 눈에 띄고 마음을 끌었다. 오대산에 채벌장이 들어서면서부터 박달나무의 시세가 한창 좋을 때에는 산에서 벤 나무토막을 실은 우차 바리가 뒤를 이어 대관령을 넘었다. 강릉 주문진 항구에 부려만 놓으면 몇 척이든지 기선에 싣고는 철로 공사가 있다는 이웃 항구로 실어나르곤 하였다.

   오대산 속에 산줄기나 가지고 있던 형태는 버리는 것인 줄만 알았던 아름드리 박달나무 덕택에 순시에 돈벼락을 맞게 되었다. 논 섬지기나 더 늘리게 된 것도 그 판이었고 살구나무 집을 세운 것도 그때였다. 학교에 돈백이나 기부하여 학무위원의 이름을 가졌고 조합의 신용을 얻어 아들 재수를 조합의 서기로 취직시킨 것도 물론 그 무렵이었다. 흰 회벽의 집이 야청으로 서밖에는 소용이 없다고 생각하였던 동리 사람들은 그 깎은 듯이 아담한 집 격식에 눈을 굴렸다. 뜰 안에 라디오의 안테나가 들어서고 유성기의 노랫소리가 밤낮으로 흘러나오게 되었을 때에는 혀를 말았다. 박달나무가 가져온 개화의 턱찌끼에 사람들은 온통 혼을 뽑히었던 것이다. 뒷마을 기와집 큰댁과 앞마을 살구나무집 작은댁과의 사이를 한가하게 어슬렁어슬렁 거니는 형태의 양을 사람들은 전과는 다른 것으로 고쳐 보기 시작하였다.

　꿈속 같은 호사스러운 그 속에서도 가끔 변이 생겨 서울집은 두 번째 댁이었다. 첫댁은 집이 서기가 바쁘게 강릉서 데려온 지 해를 못 넘어 달밤에 도망을 쳐버렸다. 동으로 대관령을 넘어서 강릉까지는 팔십 리의 길이었다. 아침에 그런 줄을 알고 뒤를 쫓는대야 헛일이었으며 강릉에 친가가 있는 것이 아니라 온전히 뜬 사람이었던 까닭에 찾을 길이 막막하였다.

다른 사내가 있었다는 말도 듣기도 하여 형태는 영동을 단념해버리고 이번에는 앞대를 생각하게 되었다. 서로 서울까지는 문재 전재를 넘고 원주 여주를 지나 오백 리의 길이었다.

이틀 동안이나 자동차에 흔들려서 첫 서울의 길을 밟은 지 거의 달포 만에 꽃 같은 색시를 데리고 첩첩한 산을 넘어 돌아왔다. 뜨물같이 희여멀쑥한 자그만하고 야무리진 서울 색시를 앞대 물을 먹으면 인물조차 그렇거니만 생각하면서 사람들은 자동차에서 내리는 그를 울레줄레 둘러쌌다. 하기는 그만한 인물이 시골에까지 차례지게 되기까지에는 상당한 물재의 희생이 있었으니 형태는 그번 길에 속사리 버덩의 일곱 마지기를 팔아버렸던 것이다. 들고나게 된 한 가호를 살려주고 그 값으로 외딸을 받아가지고 왔다는 소문이었다. 장안에서도 일색이었다는 서울집이 시골 와서 절색임은 물론이었고 마을 사람들은 마치 여자라는 것을 처음 보는 것과도 같이 탄복하고 수군들 거렸다.

첫 번 강릉집의 경우도 있고 하여 형태는 단속이 무서웠다. 별 수 없이 새장에 갇힌 새의 신세였다. 형태는 집안 재미에 마음을 잡고는 즐겨 하던 투전판에도 섞이는 법 없이 육중한 몸을 유들유들하게 서울집에 박혀 있는 날이 많았다. 검은 판장으로 둘러친 울과 우거진 살구나무와는 굳은 성벽이어서 안에서도 짐작할 수 없으려니와 밖에서 엿볼 수도 없었다. 그러나 단속이 심하면 심할수록 갇혀 있는 사람의 마음은 더욱 허랑하게 밖으로 날아서 강릉집이 영 너머 읍을 그리워하듯이 서울집 또한 첩첩한 산을 넘어 앞대를 그리워하는 심정은 일반이었다. 집에 든 지 달포도 채 못 되어서 하룻밤은 별안간에 헛소동이 일어났다. 서울집이 집 안에 없음을 깨닫고 형태가 황겁결에 도망이라고 외쳤던 까닭에 이웃 사람들은 호기심도 솟고 하여 일제히 퍼져 도망간 서울집을 찾으려 들었다. 마침 그믐밤이어서 마을은 먹을 뿌린듯이 어두운데 각기 초롱에 불들을 켜가지고 웬만한 곳은 샅샅이 헤매었다. 어두운 속 군데군데에서 초롱불이 반딧불같이 움직이며 두런두런 말소리가 흘러왔다. 외줄 신작로를 동과 서로 몇마장씩 훑어보고는 닥치는 대로 마을 안을 온통 뒤졌다.

뒷마을서부터 차례차례로 산기슭 수수밭 과수원을 들치고 앞으로 나와 성황 숲에서는 느릅나무와 느티나무의 테두리를 샅샅이 살피고 거리를 새로 아래위로 훑어보고는 냇가의 숲속과 물레방앗간을 뒤졌으나 종시 서울집의 자태는 보이지 않았다. 설레는 마음에 앞장을 서서 휘줄거리던 형태는 홧김에 초롱을 던지고는 말도 없이 발을 돌렸다. 뒤를 따르는 사람들도 입맛을 다시면서 풀린 맥에 초롱을 내저으며 자연 걸음이 느려졌다. 아무래도 서쪽으로 길을 들었을 것이 확실하니 날이 밝은 후 강릉서 오는 자동차로 뒤를 쫓는 것이 상수라고 공론들이었다. 강릉집 때에 혼이 난 형태는 실망이 커서 그렇게라도 할 배짱으로 한시가 초조하였다. 담배들을 피우면서 웅얼웅얼 지껄이며 돌밭을 지나 물가에 이르렀을 때에 앞을 섰던 형태가 불시에 주춤하면서 걸음을 멈추고 어둠 속을 노렸다. 한 사람이 초롱불을 앞으로 획 내밀었을 때 물속에서는 철버덩 소리가 나며 싯허연 고래가 한 마리 급스럽게 숲 속으로 뛰어 들어갔다.

어둠 속에서도 유난스럽게 희고 퍼들퍼들한 몸뚱어리였다. 의외의 곳에서 그날 밤의 사냥에 성공하고 마을길을 더듬어 올 때 모두들 웃음에 허리를 꺾을 지경이었다. 도망했다고만 법석을 한 서울집은 좀체 나오기 어려운 기회를 타서 혼자 시냇가에 목물을 나왔던 것이다. 벌써 일 년 전의 일이었으나 그 일이 있은 후로 형태는 서울집의 심중에 적이 안심되어 덮어놓고

의심하지는 않게 되었다. 집안사람들의 출입도 잦지 못한 집 안은 언제든지 고요하고 감감하여서 그 속에 무슨 일이 일어나며 변이 생기는지 알 도리가 없었다. 푸른 살구가 맺혀 그것이 누렇게 익어갈 때면은 마을 사람들은 드레드레 달린 그 개살구를 바라보고 모르는 결에 어금니에 군물을 돌리곤 할 뿐이었다.

가

들에 보리가 익고 살구도 완전히 누런빛을 더하여갔다.

달무리가 있은 이튿날 아침 뒷마을 샘물터는 온통 발끈 뒤집혔다.

당초에 말을 낸 것은 맨 처음 물 이러 온 금녀였고 그의 말을 들은 것이 다음에 온 제천이었다. 제천이는 이어 온 춘실네에게 그것을 귀띔하고 춘실네는 괘사 옥분에게 전하고 옥분은 히히덕거리며 방앗집 새댁에게 있는 대로 털어 버렸다. 간밤의 변사는 순식간에 입에서 입으로 온통 번설煩說되고야 말았다. 뒤를 이어 모여든 한패는 물을 길어가지고는 냉큼 갈 줄을 모르고 물동이를 차례차례로 샘 전에 놓은 채 어느 때까지나 눈길을 흘끗거리면서 뒤숭숭하게 수군거렸다. 한번 말문이 터지면 좀체 수습하기 어려워서 있는 말 없는 말 주워섬기는 동안에 아침 시중이 늦어지는 줄도 모르고 횡설수설이었다. 새침데기이던 방앗집 새댁도 제법 말주머니여서 뒤에 오는 축들을 붙들고는 꽁무니가 무겁게 어느 때까지나 말질이었다.

"세상에 그런 법도 있을까. 집 안이 언제나 감감하길래 수상하다구는 노렸으나—하필 김 서기일 줄야 뉘 알았을구, 환장이지 그럴 수가 있나. 무서워라."

두 동이째 물을 이러 온 금녀는 아직도 우물

터가 와글와글 뒤끓는 것을 보고 별안간 무서운 생각이 들었다. 처음으로 말을 낸 경솔을 뉘우쳤으나 그러나 한번 낸 말을 다시 입안으로 거둬들일 수는 없는 노릇이었다. 청을 받는 대로 간밤의 변을 몇 번이고간에 되풀이하는 수밖에는 없었다. 되풀이하는 동안에 하기는 마음은 대담하여가고 허랑하여졌다.

"아마도 무엇에 홀렸든 게지. 아무리 달이 밝기로서니 아닌 밤에 살구 생각은 왜 나겠수. 살구 도적 간 것이 끔찍한 것을 보게된 시초니."

금녀가 하필 그 밤에 살구나무집 살구를 노린 것은 형태가 마침 며칠 전에 읍내로 면장 운동을 떠난 눈치를 알아챈 까닭이었다. 개궂은 그가 출타한 이상 집을 엿보기쯤은 어려운 노릇이 아니었다. 논길을 살며시 숨어들어 살구나무에 기어올라 우거진 가지속에 몸을 감추기는 여반장이었으나 교교하게 밝던 보름달이 공교롭게도 별안간 흐려지면서 누리가 금시에 캄

캄하여간 것은 마치 무슨 조화나 붙은 것 같았다. 알고 보니 그날 밤이 월식이어서 그때 마침 온통 어두워진 하늘에서는 검은 개가 붉은 달을 집어먹으려고 노리고 있는 중이었다. 모든 것이 물속에 빠진 듯이나 고요하고 어두운 가운데에서 길을 잃은 듯한 박쥐의 떼가 파닥파닥 날아들고 뒷산의 부엉이 소리가 다른 때보다 한층 언짢게 들렸다.

멀리서 달을 보고 짖는 개의 소리가 마디마디 자지러지게 흘러왔다. 지척을 분간할 수 없는 나뭇잎 속에서 금녀는 불길한 생각에 몸서리를 치면서 살구 생각도 없어지고 나뭇가지를 바싹 붙들었다. 변이라도 일어날 듯한 흉한 밤이었다. 하늘의 개는 붉은 달을 입에 넣고 게웠다 물었다 하다가 드디어 온전히 삼켜버리고야 말았다. 천지는 그대로 몽땅 땅속에 묻혀버린 듯이 새까맣고 답답하여졌다. 부엉이 울음도 개 짖는 소리도 어느 결엔지 그쳐진 감감한 속에서 금녀는 무서운 김에 팔 위에 얼굴을 얹고 차라리 눈을 감아버렸다. 눈을 감으면 한결 귀가 밝아져서 어느맘 때는 되었는지 이슥한 속에서 문득 웅얼웅얼하는 사람의 속삭임이 들렸다. 정신이 귀로만 쏠릴수록 말소리도 차차 확실해져서 바로 살구나무 아래편 서울집 뒤안에서 들려오는 것인 줄을 알았다. 방 안에는 등불이 켜지지 않았고 나무에 오르자 월식이 시작된 까닭에 당초부터 그 아래에 사람이 있는 줄은 몰랐던 것이다. 비록 얕기는 하여도 굵고 가는 한 쌍의 목소리가 남녀의 목소리임에는 틀림없었다. 여자의 목소리는 서울집의 것이라고 하고 남자의 목소리는 누구의 것일까. 부엌일하는 점순이 외에는 남자의 출입이라고는 큰댁 식구들도 마음대로 못 하게 하는 형편에 아닌 밤에 서울집과 수군거리는 사내는 누구일까 하고 금녀는 무서움도 잊어버리고 이번에는 솟아오르는 호기심에 정신을 바짝 차리고 어둠 속을 노리기는 하나 워낙 어두운데다가 나뭇잎이 우거져서 좀체 분간하기 어려웠다. 무시무시하면서도 한편 온몸이 근실근실하여서 침을 삼키면서 달이 밝아지기를 조릿조릿 기다렸다. 이윽고 하늘개는 먹었던 달덩이를 옳게 삭이지 못하고 불덩어리째로 왈칵 게워버리고야 말았다. 뭉겼던 구름이 헤어지고 맑은 하늘이 그 사이로 솟기 시작하자 달았던 불덩어리도 어느 결엔지 온전한 보름달로 변하여갔다. 하늘의 변화를 우러러 보던 금녀는 어느 결엔지 환히 드러난 제 꼴에 놀라 움츠러들며 나무 아래를 날쌔게 나뭇잎 사이로 굽어보다가 별안간 기급을 할 듯이 외면하여버렸다.

수풀 속에서 배암을 만났을 때의 거동이었다. 뒤안에 내놓은 평상 위에 배암 아닌 남녀의 요염한 꼴을 보았기 때문이었다. 처녀인 금녀로서는 처음 보는 보아서는 안 될 숨은 광경이었다. 그러나 더 놀라운 것은 그 남녀가 서울집과 조합의 김 서기 재수란 것이다. 서울집의 소문은 이러쿵저러쿵 기왕부터 있기는 있어서 이제는 벌써 등하불명으로 모르는 부처님은 남편 형태뿐이라는 소문은 소문이었으나 사내가 재수일 줄야 그 아무도 짐작하지 못한 바이며 그렇기 때문에 금녀의 놀람은 컸다. 너무도 어처구니가 없어 다시 한 번 무시무시 아래를 훔쳐보았으나 속일 수 없는 밝은 달은 사정이 없었다.

  금녀는 그것을 발견한 자기 자신이 큰 죄나 진 것도 같아서 몸서리를 치면서 애비 아들의 기구한 인연을 무섭게 여겼다. 그들 둘이 아는 외에는 하늘과 땅만이 알 남녀의 속일을 귀신 아닌 금녀가 엿볼 줄야 어찌 짐작인들 하였으랴. 하기는 그래도 달을 두려워함인지 뒤안이 훤히 밝아지자 남녀는 평상에서 내려와서 방안으로 급스럽게 들어가는 것이었으나 어지러운 그 뒤꼴들을 바라볼 때 금녀는 다시 새삼스럽게 무서워지며 하늘이 벼락을 내린다면 바로 이런 곳이 아닐까 하고 머리끝이 선뜩하여져서 살구 생각도 다 잊어버리고 부리나케 나무를 미끄러져 내려왔다. 논길을 빠져 집까지는 거의 단숨에 달렸다. 밤이 맞도록 잠 한숨 못 이루고 고시랑고시랑 컴컴한 벽을 바라볼 뿐 하늘과 땅만이 아는 속일을 알았다는 두려움이 한결같이 가슴속에 물결쳤다. 그러나 시원한 아침을 맞아 샘물터에서 동무를 만났을 때에는 응겼던 마음도 적이 누그러져 허랑하게 그만 입을 열게 되었다. 하기는 그 끔찍한 괴변은 차라리 같이 알고 있는 것이 속 편한 노릇이지 혼자 가슴속에 담아두기에는 너무도 무서운 것이었다. 그날은 샘터도 별스러이 소란하여서 아침물이 지나고는 조금 뻠하더니 낮쯤 해서 또 한바탕 들끓고야 말았다. 꽤 먼 마을 한끝에서까지 길러 가는 샘이므로 모이는 인물들도 허다한 속에 대개 아침 인물이 한두 사람씩은 끼어 있었다.

"사내가 그른가, 계집이 그른고―하긴 그런 일에 옳고 그른 편이 있겠소만."

"터가 글렀어. 강릉집 때에두 어디 온전히 끝장이 났수. 오대를 나려온다는 그놈의 살구나무가 번번이 일을 치거든."

이렇게 수군거리는 패도 있었다.

"핏줄에서 난 도적이니 누구를 한하겠소만 면장 운동인가 무언가를 떠난 것이 불찰이지. 버젓이 앉아 있는 최 면장을 떼고 그 자리에 대신 들어앉으려니 그런 억지가 어디 있우. 박달나무 덕에 돈 벌고 땅 샀으면 그만이지 면장은 해 무엇한단 말요. 과한 욕심 낸 죄로 하면야 싸지. 군수하고 단짝이라나. 이번 길에도 꿀한 초롱과 버섯 말이나 가지고 간 모양인데 쉬이 군수가 갈린다는 소문이니까 갈리기 전에 한몫 얻으려고 바싹 붙는 모양이야."

"애비보다두 자식이 못나고 불측한 탓이 아니오. 장가든 지 불과 몇 달에 아내를 뚜두드려

쫓더니 그 짓이란 말야. 춘천 가서 웃학교를 칠 년 만에 마친 위인이니 제 구실을 할 수야 있겠소. 조합 서기도 애비 덕에 간신히 얻어 한 것이 아니오."

"자식과 원수 된 것을 알문 형태는 대체 어떻게 할구."

샘물 둔치에는 돌배나무 한 폭이 서 있었다. 돌팔매를 던져 풋배를 와르르 떨어서는 뜻 없이 샘물 속에 집어 던지면서 번설들이었다.

"이 자리에서만 말이지 까딱 더 구설들 맙시다. 형태 귀에 들어갔단 큰일 날 테니."

민망한 끝에 발설을 한 것이 춘실네였다. 그러나 저녁때도 되기 전에 또 점순에게 그것을 귀띔한 것도 춘실네였다.

서울집 부엌데기로 있는 점순은 전날 밤을 집에서 지내고 아침에 일찍이 나가 진종일 집에서만 일한 까닭에 그 괴변을 보지도 듣지도 못하였다. 다시 집으로 갔다가 저녁참을 대고 나

올 때에 수수밭 모롱이에서 춘실네를 만나 들으니 초문이었다. 재수는 전에 그에게도 한번 불측한 눈치를 보인 일이 있어서 그의 편성은 웬만큼 짐작은 하는 터였으나 역시 놀라지 않을 수는 없었다. 서울집을 극진히 여기는 점순은 그의 변이 번설되는 것을 민망히는 여겼으나 변이 변인 만큼 가만있을 수도 없어 그 걸음으로 다시 집에 들어가 남편 만손에게 전하고 내친 걸음에 거리로 나가 가게 보는 태인에게도 살며시 뙤어주었다. 태인과는 만손 몰래 정을 두고 지내는 사이였다.

태인은 가게에 모이는 사람들에게 한두 마디씩 지껄이게 되고 만손은 그날 저녁 형태네 큰사랑에 마을 가서 모이는 농군들에게 말을 펴놓게 되었다.

이렇게 하여 소문은 하루 동안에 재빠르게도 마을 안에 좌 퍼지게 되었다. 이제는 벌써 당사자 두 사람과 출타한 형태만이 몰랐지 마을 사람은 모두—형태 큰댁까지도 사랑 농군에게서 들어 알게 되었다. 큰댁은 놀라기는 무척 놀랐으나 제 자식의 처신머리가 노여운 것보다도 서울집의 빗나간 행동이 더 고소하게 생각되었다. 염라대왕에게 서울집 속히 데려가기를 밤낮으로 비는 큰댁은 남편이 돌아와 어떻게 이 일을 조치할까에 모든 생각이 쏠리는 까닭이었다.

나

그날 밤은 열엿샛날 밤이어서 간밤같이 월식도 없고 조금 늦게는 떴으나 달이 밝았다.

샘터 축들은 공연히 마음이 달떠서 달밤을 잠자코 지내기 어려운 속에서 옥분은 드디어 실무죽한 금녀를 충충대서 끌어내고야 말았다. 하룻밤 더 살구나무를 엿보자는 것이었다. 옥분은 금녀보다도 바라지고 앙도라져서 금녀가 모르는 세상을 벌써 재빠르게 엿본 뒤였다. 오대산에서 강릉으로 우차를 몰아 재목을 실어 나르는 박 도령과는 달에 불과 몇 번밖에는 만날 수 없어서 그가 장날 장거리까지 내려오거나 그렇지 못하면 옥분이 웃마을 월정거리까지 출가 전의 눈을 훔쳐가지고 올라가지 않으면 안 되었다. 그런 때에는 대개 밭에 일하러 간다고 탈하고 근 오 리 길을 걸어 올라가 월정사에서 나오는 길과 신작로가 합하는 곳에서 박 도령을 기다렸다가 조이밭 머리나 개울가에 가서 묵은 회포를 이야기하곤 하였다. 나중에 어떻게 되리라는 계책도 서지 못한 채 다만 박 도령의 인금만을 믿고 늘 두근거리는 마음에 위험한 눈을 훔치곤 하였다. 한 이태 더 모아서 돈백이나 모이거든 강릉에 가서 살자고 번번이 언약을 하고 우차를 몰고 대관령 쪽으로 느릿느릿 걸어가는 뒷모양을 바라볼 때 번번이 가슴이 찌르

르하였다. 거듭 만나는 동안에 남녀의 정이라는 것을 폭 안 옥분은 금녀와는 달라서 남녀의 세상에 유달리 마음이 쏠렸다.

금녀와 둘이 뒷마을을 나와 밭길을 들어갔을 때 달은 한창 밝아서 옥수수염과 피마자 대궁이 빨갛게 달빛에 어리었다. 논뚝에서 기다리고 있는 점순을 만나더니 한패가 되어서 지름길을 들어서 살금살금 살구나무께로 향하였다. 사특한 마음으로가 아니다. 주인 동정을 살펴서 잘 알고 있음이 부리우는 사람으로서 마땅한 일 같아서 점순은 저녁 시중이 끝나자 약조하였던 금녀들을 기다리려 논뚝에 나와 앉았던 것이다.

말 없는 나무는 간밤이나 그 밤이나 같은 태도 같은 표정이었다. 금녀는 같은 나무에 두 번 오르기 마음이 허락지 않아 혼자 나무 아래에서 망을 보기로 하고 점순과 옥분을 올려 보냈다. 집에서는 유성기 소리가 쉴 새 없이 들리더니 판이 끝나도 정신없이 버려두어 판 갈리는 소리가 어느 때까지나 스르럭스르럭 들렸다.

  나무 위에서 내려다보이는 집 안의 모양은 그 속에서 일할 때의 모양과는 퍽이나 달라서 점순은 모든 것을 신기한 것으로 굽어보았다. 평상 위에 유성기를 내놓고 금녀의 말과 틀림없이 서울집과 재수 단둘이 앉아 달 밝은 밤이라 월식의 괴변은 없으나 정답게 수군거리고 있는 것도 신기하였으나 열어젖힌 문으로 들여다보이는 방 안의 광경도 그 속에 있을 때와는 다르게 조촐하고 호화롭게만 보였다. 부러운 광경을 정신없이 내려다보는 동안에 점순은 이상하게도 다른 생각은 다 제쳐놓고 서울집 인물에 비겨 재수의 인금은 보잘것없고 그러므로 서울집을 훔친 재수는 호박을 딴 점이요, 서울집으로서는 아깝다는 그 자리에 당치 않은 생각이 불현듯이 솟기 시작하였다. 언제인지 한번은 경대 위의 금반지를 훔친 일이 있어서 즉시로 발각되어 호되게 야단을 듣고 집을 쫓겨난 일이 있었으나 그런 변을 당하여도 점순은 서울집을 미워는커녕 더욱 어렵게 여기고 높이고 싶었다. 사내가 그에게 반한 듯이 점순도 그에게 반한 셈이었다. 여자로 태어나 마을의 뭇 사내들이 탐내하는 그의 곁에서 지내게 되는 것을 다행으로 여겼다. 그러기에 한번 쫓겨나면서도 구구히 빌어 다시 그 자리로 들어간 것이었다. 삼신할머니가 구석구석 잔손질을 해서 묘하게 꾸며 세상에 보낸 것이 바로 서울집이라고 점순은 생각하였다.

손발이 동자같이 작고 살결이 물에 씻긴 차돌같이 희었다. 콧날이 봉긋이 솟은 아래로 작은 입을 열면 새하얀 잇줄이 구슬을 머금은 것같이 은은히 빛났다. 점순이 아무리 틈틈이 경대 속의 분을 훔쳐서 발라도 그의 살결을 본받을 수는 없었다. 검은 살결과 걱실걱실한 체대와 큰 수족을 늘 보이는 것이건만 그에게 보이기가 언제나 부끄러웠다. 열두 번 다시 태어난다고 하더라도 그의 몸맵시를 따를 수는 없을 것 같았다. 뒤안에 물통을 들여다 놓고 그 속에서 목물을 할 때 그 희멀건 등줄기를 밀어주노라면 점순은 그 고운 몸뚱이를 그대로 덥석 안아보고 싶은 충동이 솟곤 하였다. 여름 한때 새끼손가락 손톱에 봉선화 물이나 들이게 되면 누에 같은 손가락 끝에 익은 꽈리알을 띄운 것도 같아서 말할 수 없이 귀여운 감동을 자아내는 것이었다. 그 서울집이 재수 따위의 손안에서 허름하게 놀고 있음을 내려다보노라니 점순은 아까운 생각만 들었다. 즉시로 뛰어 내려가 그 자리를 휘저어놓고도 싶었다. 어느 때까지나 그대로 버려두기 부당한, 속히 한바탕 북새를 일으켜 사이를 갈라놓고 싶은 생각이 불현듯이 솟기 시작하였다. 그대로 살며시 덮어만 둔다면 어느 때까지나 애매한 형태에게까지 알려지지 않을 것이 한 되었다. 재수에게 대한 샘이 아니라 참으로 서울집에 대한 샘이었다.

그러나 점순이 그렇게 오래 걱정하지 않아도 좋은 것은 간밤 이상의 괴변이 금시에 눈 아래 장면 위에 일어난 것이다. 세상에는 기묘한 일이 간간이 생기는 까닭인지 혹은 그 불측한 장면을 오래도록 허락하지 않으려는 뜻인지 참으로 뜻하지 않은 어처구니없는 일이 일어난 것이다. 그렇게라도 되지 않으면 형태에게 그 숨은 곡절은 알릴 길이 없었던 탓일까. 읍내에 갔던 형태가 별안간 나타난 것이다.

집을 떠난 지 여러 날 되기는 하나 하필 그 밤에 돌아오게 된 것은 귀신이 알린 탓이라고 밖에는 생각할 수 없었다. 하기는 어느 날 어느 때 그 자리에 당장 돌아올는지도 모르면서 유하게 정을 통하고 있는 남녀가 어리석은지도 모른다. 정에 빠진 남녀는 어리석어지는 법일까.

다따가 방문에서 불쑥 솟아 뒤안 툇마루에 나선 것이 형태임을 알았을 때 옥분은 기겁을 하고 점순에게로 몸을 쏠렸다. 나뭇가지가 흔들리며 살구가 후둑후둑 떨어졌으나 나무 위로 주의를 보내기에는 뒤안의 형세는 너무도 급박하였다.

평상 위에 서로 기대앉았던 남녀는 화다닥 자세를 바로잡으면서 물결같이 갈라졌다. 그 황급한 거동 앞에로 막아선 형태의 육중한 몸은 마치 꿈속의 무서운 가위 같아서 그 가위에 눌린 것이 별수 없이 두 사람의 꼴이었다. 움츠러들었을 뿐 쨱소리도 없는데다가 형태 또한 바위같이 잠자코만 서서 한참 동안 자리는 고요할 뿐이었다. 검은 구름을 첩첩이 품은 채 천둥을 기다리는 무서운 순간이었다.

"대체 누구냐?"

지나쳐 상기된 판에 형태는 말조차 어리석었다. 하기는 재수가 아들임을 일순간 잊어버렸던지도 모른다.

"무엇들을 하고 있어?"

육중한 체대가 움직였을 때 서울집은 허둥허둥 평상에서 내려서 신을 신었다. 방으로 뛰어 들어가려고 툇마루 앞에 이르렀을 때 말도 없이 형태의 손에 머리쪽을 쥐였다. 새 발의 피였다. 한번 거세게 휘나꾸는 바람에 보잘것없이 폴싹 땅에 쓰러지고 말았다.

　형태의 손질을 아는 점순은 아찔하며 그 자리로 기를 눌리고 말았다. 그 밤으로 무슨 변이 일어날지를 헤아릴 수 없는 판에 나무 위에서 유유하게 주인집 변사를 내려다보기가 무서웠다. 한시가 바쁘게 옥분을 붙들어 먼저 내려보내고 뒤이어 미끄러져라 하고 급스럽게 나무를 타고 내려섰다. 뒤안에서는 주고받는 말소리가 차차 똑똑해지고 금시에 큰 북새가 시작될 눈치였다. 간밤의 변괴보다는 확실히 더 놀라운 변고에 혼을 뽑힌 셋은 웬일인지 그 밤의 책임이 자기들에게도 있는 것 같아서 다시 돌아다볼 염도 못 하고 꽁무니가 빠져라 논길을 뛰어나갔다.

 이튿날 아침 소문은 도리어 뒷마을에서부터 났다. 새벽쯤 해서 점순이 서울집으로 일을 하러 집을 나왔을 때 길거리에서 춘실네에게 간밤의 소식을 듣게 되었다. 재수는 당장에서 물푸레나무 가지로 물매를 얻어맞아 피를 흘리고 그 자리에 까무러쳐 쓰러진 것을 농군이 업어다가 뒷마을 집에 갖다 눕힌 채 아침까지 정신을 못 차리고 있다는 것이다. 전신이 부풀어 올라서 모습까지 변한 것을 큰댁은 걱정하여 울며불며 일변 약을 지어다가 달인다 푸닥거리 준비를 한다 집안은 야단이라는 것이었다.

 궁금해서 두근거리는 마음에 점순은 부리나케 앞마을로 뛰어나가 닫힌 채로의 서울집 대문을 열고 들어섰을 때 집 안은 빈 듯이 고요하였다. 겁이 덜컥 나서 마루에 뛰어올라 의걸이 놓인 방문을 열었을 때 예료豫料대로 놀라운 꼴이었다. 이불을 쓰고 누운 서울집을 벌써 운명이나 하지 않았나 하고 급히 이불을 벗겼을 때 살아 있는 증거로 눈을 뜨기는 하였으나 입에는 수건으로 재갈을 메웠고 볼에는 불에 덴 흔적이 끔찍하였다. 몸을 움짓움짓은 하면서 일어나지 못하는 것은 굵은 바로 수족을 얽어맨 까닭이었다. 바를 풀고 재갈을 빼었을 때 서울집은 소생한 듯이 간신히 일어나 앉았다. 흩어진 머리와 상기된 눈과 어지러운 자태가 중병이나 치르고 일어난 병자 모양이었다. 이지러져 변모된 얼굴을 볼 때 점순은 눈물이 핑 돌았다.

"죄를 졌기로서니 이럴 법이 있나 사람이 아니라 짐승이지."

이를 부드득 가는 서울집의 눈에도 눈물이 그렁그렁 어리었다. 구슬 같은 그 고운 얼굴이 뻘겋게 데서어 살뜰하던 모습은 찾을 수도 없었다.

"사지를 결박하구 입을 틀어막구 인두로 얼굴과 다리를 지지네나그려. 아무리 시골 놈이기

루서 그런 악착한 것 본 적이 있나. 제나 내나 사람은 매일반 마음은 다 각각이지 인두를 달군 대야 사람의 마음이야 어찌 휘일 수 있겠나. 이런 두메에 애초부터 자청하구 올 사람이 누군가. 산 설구 물 설구 인정조차 다른데, 게다가 허구한 날 집 안에만 갇혀 한 걸음 길 밖에도 못 나가게 하니 전중이 생활인들 게서 더할까. 피 가진 사람으로서 어찌 고향인들 안 그립구 사람인들 안 아쉽겠나. 갇힌 새두 하늘을 그리워할랴니 내가 그른지 놈이 악한지 뉘 알랴만 내 이 봉변을 당하구 가만있을 줄 아나. 나 당장에 주재소에 가 고소를 하구 징역을 시키구야 말겠네. 그날이 나두 이곳을 벗는 날이야. 생각할수록 분하구 원통하구!"

입술을 꼬옥 무니 이슬 같은 눈물이 방울방울 솟아 상한 두 볼 위로 흘러내렸다. 점순도 덩달아 눈물이 솟으며 무도한 형태의 행실을 속으로 한없이 노여워하고 미워하였다. 만약 사내라면 그놈을 다구지게 해내고 싶은 생각도 들었고 간밤에 달려들어 말리지도 못하고 변이 일어날 줄을 알면서도 그 자리를 피해 간 비겁한 행동을 그지없이 뉘우치기도 하였다. 반드시 태인과 남편 만손의 사이에 든 자신의 처지를 생각하여서가 아니라 참으로 마음속으로부터 서울집의 처지를 측은히 여겨서였다. 그러나 위로할 말을 몰라 다만 콧물을 들이켜면서 일상 쥐어보고 싶던 서울집의 고운 손을 큰 손아귀에 징그시 쥐어볼 뿐이었다.

다

형태는 부락스러운 고집에 겉으로는 부드러운 낯을 지니나 속으로는 심화가 솟아올라 그 어느 때나 술기에 눈알을 붉게 물들이고는 장거리에서 진종일을 보내곤 하였다. 옆사람들의 수군거리는 눈치와 소문을 유하게 깔아버리고는 배포 유하게 거들거렸다. 화풀이로 면장 운동에 마음을 돌리는 수밖에는 없어서 술집에서 장 구장을 데리고 궁리와 책동에 해 가는 줄을 몰랐다. 장 구장은 기왕에 구장으로 있다가 최 면장이 들어서자 떨어진 축이어서 형태가 면장을 하게 되면 다시 구장으로 들어앉자는 것이 그의 원이었고 두 사람이 공모하는 뜻도 거기에 있었다.

원래 면장 운동은 가제 시작된 것이 아니라 벌써 오래전부터의 형태의 책모하여오던 바였다. 박달나무로 하여 돈을 벌게 되자 마을에서 상당히 낯이 높아진 것이 그 원을 품게 한 근본 원인이었고 면장이 되면 윗마을과 뒷마을에 있는 소유의 전답에 유리하도록 마을 사람들의 부역을 내서 길과 도랑을 고쳐내겠다는 것이 둘째 희망이었다. 그러나 그보다도 더 절실한 원인은 최 면장에 대한 감정이었으니 전에 역군을 다녔던 형태가 지벌地閥이 얕다고 최 면장에게서 은근히 멸시를 받고 있는 것과 아들 재수가 최 면장의 아들 학구보다 재물이 훨씬 떨어지는 것을 불쾌히 여기는 편협심에서 오는 것이었다. 부전자전으로 자기가 글을 탐탁하게 못 배운 까닭으로 자식도 그렇게 둔재인가 하여 뒤치송을 할 재산은 있는데도 불구하고 재수가 단지 재주가 부실한 탓으로 춘천고등보통학교도 칠 년 만에야 간신히 마치고 나오게 된 것을 형태는 부끄러워하고 한 되게 여겼다. 한편 최 면장의 아들 학구는 재수와 동갑으로 한 해에 보통학교를 마쳤으나 서울가서 웃학교를 마치고는 전문학교에까지 들어가게 되었다. 선비와 역군의 집안의 차이를 실제로 눈앞에 보는 것 같아서 형태로서는 마음이 괴로웠다. 최 면장은 어려운 가운데에서 자식 하나만을 바라고 그에게 정성을 다 바쳤다. 몇 마지기 안 되는 땅까지 팔아버렸고 그 위에 눈총을 맞아가면서도 면장의 자리를 눅진히 보존해가는 것은 온전히 자식 때문이었다. 학구가 학교를 졸업할 때까지는 아무런 일이 있어도 그 자리를 비벼나갈 생각이었다. 그런 점으로서 형태와는 드러나게 대립이 되어도 하는 수 없는 노릇이었다. 그러나 그뿐이 아니었다. 참으로 무서운 최 면장의 비밀을 형태는 손아귀에 움켜쥐고 있었다. 학비의 보충을 위하여 회계원과 짜고 여러 번째 장부를 고치고 공금에 손을 댄 것이었다. 면장 운동에 뜻을 둔 때부터 형태는 면장의 흠을 모조리 찾아내려고 하던 판에 회계원을 감쪽같이 매수하여 그에게서 공금 횡령의 비밀을 샅샅이 들추어냈던 것이다. 그런 눈치를 알아채었는지 어쨌는지 최 면장은 모든 것을 모르는 채 다만 학구가 학교를 마칠 때까지를 목표로 시침을 떼는 것이었으나 형태는 형태로서 네 속을 다 뽑아 쥐고 있다는 듯한 거만한 배짱으로 모든 수단이 다 틀리면 그 뽑아 쥔 비밀을 마지막 술책으로 쓰리라고 음특하게 벼르고 있었다. 하기는 그는 벌써 최 면장이 좀체 속히 물러앉지 않을 줄을 짐작하고 이번 읍내 길에서도 군수에게 공금의 비밀을 약간 귀띔하고 온 터였다. 군수는 기회를 보아서 내막을 철저히 조사시켜 폭로시킨 후 적당한 조처를 하겠다고 언약하였다. 군수를 그만큼까지 후리기에는 상당히 물재도 들었으니 이번 길만 하여도 꿀과 버섯의 선사뿐이 아니라 실상은 논한 자리까지 남몰래 팔았던 것이다. 군수의 일상 원이 일등 명기를 앞에 놓고 은주전자 은잔으로 맑은 국화주를 마시는 운치였다. 일등 명기야 형태의 수완으로도 어쩌는 수 없는 것이었으나 은주전자 은잔쯤은 그의 힘으로 족히 자라는 것이어서 이번 기회에 수백 금을 들여 실속 있는 한 쌍을 갖추어준 것이었다.

　군수가 사양치 않은 것은 물론이며 그렇게 여러 번째 미끼를 흐뭇이 들여놓고 이제는 다만 속한 결과를 기다리게만 되었다. 평생 원을 풀 수만 있다면 그 모든 미끼의 희생쯤은 그에게는 보잘것없이 허름한 것이었다. 군수의 인품을 믿고 있는 것만큼 조만간 뜻대로의 결과가 올 것이 확실은 하였으나 될 수 있는 대로 그것이 속하였으면 하고 마음은 늘 초조하였다. 더구나 가정의 변이 생긴 후로는 어떠한 희생을 내서라도 기어이 뜻을 이루어야만 세상 사람들의 조롱과 웃음의 몇 분의 하나라도 설치가 될 것이요, 지금까지 애써온 보람도 있을 것이며 맺힌 마음의 짐도 넌지시 풀어 부끄러운 집안의 변괴도 잊어버릴 수 있으리라고 생각되어 더욱 초조하였다. 술집에 자리를 잡고 허구한 날 거나하여서 충혈된 눈을 힘상궂게 굴리곤 하였다.

 장날 저녁이었다. 형태는 영월네 골방에서 장 구장과 잔을 거듭하다가 마침내 최 면장을 부르러 사람을 보냈다. 주석을 이용하여 마음을 떠보고 싸움을 거는 것이 요사이의 형세여서 장날과 평일도 헤아리지 않았다. 실상은 요사이 장 구장을 통하여 혹은 직접으로 그의 비밀을 한두 사람씩에게 차차 전포시키는 중이었다. 민심을 소란케 하여 그를 배반하게 하자는 생각이었다.

최 면장은 굳이 안 올 리가 없었으며 불과 두어 번 잔이 돌았을 때 형태는 차차 말을 풀어내기 시작하였다.

"정사에 얼마나 골몰한가. 덕택에 난 이렇게 술 잘 먹구 돈 잘 쓰구 태평하게 지내네만……"

돈 잘 쓴다는 말과 은근히 관련시키려는 듯이,

"학구 공부 잘하나. 들으니 한다 하는 사상가라지. 최씨 집안에야 인물이구말구. 그러나 쓸데없는 걱정 같지만 주의니 무어니할 때 단단히 단속하지 않으면 까딱하다 큰일 나리. 푸른 시절에는 물들기두 쉽구 저지르기 쉬운 법이요, 더구나 이게 무서운 시절 아닌가. 어련하겠나만

사귀는 동무 주의하라고 신신당부해두게."

비꼬는 말인지 동정하는 말인지 속뜻을 알 수 없어 최 면장은 대답할 바를 몰랐다. 장 구장과의 틈에 끼어 얼뻥뻥할 뿐이었다.

"다 아는 형편에 뒤치송하기 얼마나 어렵겠소만 면장, 이건 귓속말인데 사정두 딱하게 되었소."

은근한 말눈치에 어안이 벙벙하여 있을 때 장 구장은 입을 가까이 가져오며 짜장 귓속말로 무서운 것을 지껄였다.

"미안한 말 같지만 사직을 하려거든 지금이 차라리 적당한 시기인가 하오. 더 끌다가는 큰 봉변할 것 같으니 말이오."

면장은 뜨끔도 하였거니와 별안간 홍두깨같이 불쑥 내미는 불쾌한 말투에 관자놀이에 피가 바짝 솟아오르며 몸이 화끈 달았다.

"무슨 소리요?"

단 한마디 짧게 퉁명스럽게 나갔다.

"노여워할 것이 아닌 것이 지금은 벌써 공연의 비밀이 되었소. 거리의 사람뿐이 아니라 멀리 읍내에까지두 알려져서 면내에서 모모하는 사람들 사이에는 공론이 자자한 판이오."

"대체 무슨 소리란 말요?"

면장은 모르는 결에 얼굴이 불끈 달며 어성이 높아졌다. 구장은 반대로 이번에는 목소리는 낮추었으나 그러나 다음 마디는 천 근의 무게가 있는 것이었다.

"아마도 윤 회계원의 입에서 말이 난 모양이오. 세상에서 누굴 믿겠소."

붉어졌던 면장의 낯은 금시에 새파랗게 질리며 입이 굳어지고 말문이 막혔다. 형태와 구장은 듬짓이 침묵하고 던진 말의 효과를 가늠보고 있는 듯이 눈길을 아래로 향하였다. 불쾌한 침묵이었으나 그러나 면장은 즉시 침착을 회복하고 낯빛을 바로잡을 수 있었다. 설레지 않는 그의 어조는 막혔던 방 안의 공기를 다시 풀어버렸다.

"그만하면 말뜻을 알겠네만 과히 염려들 할 것은 없네. 일이라는 것이 나구 보아야 옳고 그른 것을 시비할 수 있는 것이지 부질없이 소문에 사로잡힐 것은 아니야. 난 나로서 충분히 내 각오가 있으니 염려들은 말게."

밉살스러우리만치 침착한 어조는 도리어 반감을 돋웠다. 형태의 말 속에는 확실히 은근한 뼈가 숨어 있었다.

"각오라니 무슨 각온지는 모르겠으나 일이 크게 되문 낭패가 아닌가. 들으니 읍에서는 군수두 쉬이 출장 와서 조사를 하리라는 소문인데 그렇게 되문 무슨 욕이 돌아올지 헤아릴 수나 있나. 일이 터지기 전에 취할 적당한 방책두 있지 않을까 해서 이르는 말이 아닌가."

마디마디 꼭꼭 박아대는 말에 면장은 화가 버럭 나서 드디어 고성대갈 호통을 하였다.

"이르는 말이구 무엇이구 다 그만둬. 그 속

다 알고 그 휼계 뉘 모르리. 군수를 끼구 책동하는 줄두 다 안다. 내야 어떻게 되든 어디 할 대루 해봐라."

"무엇을 믿구 큰소린구. 해보구말구 나중에 뉘우치지나 말게."

벌써 피차에 감출 것이 없어 속뜻과 싸움은 노골적으로 드러나게 되었다.

"뉘우칠 것두 없구 겁날 것두 없다. 무슨 술책을 써서든지 뺏을 대루 뺏어봐라."

면장은 붉은 낯에 입술은 푸르면서 육신이 부르르 떨렸다.

"이 사람 어둡기두 하다. 일이 벌써 어떻게 된 줄두 모르구 큰소리만 탕탕 하니."

"고얀 것들, 이러자구 사람을 불러냈어, 같지 않은 것들."

차려진 술잔을 밀쳐버리고 면장은 성큼 자리를 일어섰다. 형태의 유들유들한 웃음소리가 터지자 참을 수 없는 노염에 술상을 발로 차버리고 문밖으로 뛰어나갔다. 통쾌하다는 듯이, 계획은 거의 다 성사되었다는 듯이 형태는 눈초리를 질몃이 주름 잡고 구장을 바라보면서 한바탕 데설웃음을 쳤다.

    면장 운동에는 차차 성공하여가는 형태지만 속은 늘 심화가 나고 지뿌둥하여서 변괴가 있은 후로는 아직 한 번도 서울집에는 들어가지 않고 큰집이 아니면 거리에서 밤을 지내오는 것이었다. 은근히 기뻐하는 것은 큰댁이어서 아들이 앓아누운 것을 보면 뼈가 아프기는 하였으나 그러나 그것을 한 기회 삼아 한편 남편의 마음을 돌리기에 애쓰고 밖에 나가서는 일방 앓아누운 서울집에 치성을 드리기가 날마다의 행사였다. 속히 일어나라는 치성이 아니라 그대로 살며시 가버리라는 치성이었다. 밤이 어둑어둑만 해지면 남편 몰래 새옹에 메를 짓고 맑은 물을 떠가지고는 뒷동산 고목나무 아래나 성황 숲이나 개울가에 나가서 염라대왕에게 손을 모으고 비는 것이었다. 산귀신 물귀신 불귀신 귀신의 이름을 모조리 외우며 치마 틈에 만들어 넣었던 손각시를 불에도 사르고 물에도 띄우고 땅에 묻고 하여 은근히 서울집의 앞길을 저주하였다. 원래 강릉집 때부터 치성을 즐겨 하여 강릉집이 기어코 실족이 된 것은 온전히 치성 덕이라고 생각하였다. 서울집이 오면서부터는 더욱 심하여서 어떤 때에는 오십 리나 되는 오대산에 가서 고산 치성도 드렸고 내려오던 길에 월정사에 들러 연꽃 치성도 드렸다. 이번의 서울집의 변괴도 재수의 허물로는 돌리지 않고 치성 덕으로 서울집에게로 내려진 천벌이라고 생각하였다. 내친걸음에 서울집을 영영 없애달라는 것이 치성할 때마다의 절실한 원이었다. 형태로서는 치성은 질색이어서 큰댁의 우매한 꼴을 볼 때마다 한바탕 북새를 일으키고야 말았다.

재수가 자리에서 일어나자 하루아침 가만히 도망을 간 것은 여름도 한창 짙었을 때 형태의 심중이 가지가지 일에 무덥게 지글지글 끓어오를 때였다. 한편 걱정되지 않는 바도 아니었으나 차라리 한시름 놓은 것 같아서 시원도 했다. 신통치도 못한 조합 서기쯤 그만두고 멀리 가버림이 마을 사람들의 기억에서도 사라질 것이요, 차차 죄를 벗는 길도 될 것으로 생각되어서 차라리 한시름 놓은 것 같았다. 다만 걱정되는 것은 불미한 생각을 일으키고 그 어느 구석에 가서 자진이나 하지 않았을까 하는 것이었다. 그날 아침 집 안은 요란하게 설레고 마을을 아래위로 훑으면서 헤매었다. 주재소에 수색원까지 내고 들끓었으나 그러나 그렇게까지 걱정할 것이 없는 것은 실상은 재수의 도망은 큰댁의 지시요, 계책이었던 것이다. 그날 새벽 장에 나가 치성을 마친 큰댁은 아들을 속사리재 아래까지 불러내다 등대하고 있다가 강릉서 넘어오는 첫 자동차에 태워서 앞대로 내보낸 것이었다. 거리에서 차를 타면 들킬 것을 염려하여 오리 길이나 미리 나와 섰던 것이다. 전대 속에 알뜰히 모아두었던 근 백여 소수의 돈을 전대째로 아들에게 주면서 마을에서 소문이 사라질 때까지 어디든지 앞대로 나가 구경 겸 어느 때까지든지 바람을 쏘이라는 당부를 거듭하면서 운전수가 재촉의 고동을 몇 번이나 울릴 때까지 차전을 붙들고 서서 눈물겨운 목소리로 작별을 서러워하였다. 그러나 물론 집에 돌아와서는 그런 눈치는 까딱 보이지 않으며 집안사람에게 휩쓸려 도리어 아들의 간 곳을 걱정하는 모양을 보였다.

재수의 처치가 제물에 된 후로 파였던 형태의 마음 한구석이 파묻힌 것은 사실이었으나 그렇게 되면 서울집의 존재가 머릿속에 더한층 똑똑하게 떠올랐다. 그러나 그대로 어느 때까지 버려두는 수밖에 별다른 처리의 방책은 없었다. 한번 흠이 든 것이니 시원히 버려볼까도 생각하였으나 도저히 할 수 없는 노릇임을 깨달았다. 속사리 버덩의 일곱 마지기를 팔아버린 것이 아까워서가 아니라 아무리 흠이 들었다고는 하더라도 아직도 그에게로 쏠리는 정을 끊어버릴 수는 없었다. 정이란 마치 허크러진 실뭉치 같아서 한쪽을 끊어도 다른 쪽이 매이고 끊은 줄 알았던 줄이 다시 걸리고 하여서 하루아침에 칼로 베인 듯이 시원히 끊어버릴 수는 없는 노릇이었다. 포악스럽게 굴었어도 아직도 서울집에 대한 정은 줄줄이 허크러져 그의 마음 갈피에 주체스럽게 걸리고 감기는 것이었다. 그 위에 세월이라는 것은 무서워서 처음에는 살인이라도 날 것 같던 것이 차차 분이 사라졌고, 봉욕에 치가 떨리고 몸이 화끈 달던 것이 지금은 그것도 차차 식어가서 그대로 가면 가을에 찬바람이 나돌 때까지에는 분도 풀리고 마음도 제대로 가라앉을 것 같았고 일이 뜻대로 되어 면장으로나 들어앉게 되면 무서운 상처는 완전히 사라질 듯도 하였다. 다만 서울집의 마음이 자기의 마음같이 가라앉고 회복될까 하는 것이 의심이었다. 한때의 실책이었던지 그렇지 않으면 정이 벌어졌던 탓인지 그의 마음을 좀체 들여다볼 수는 없었다. 늘 밖을 그리워하는 눈치를 보아서는 마음속이 심상치는 않은 것도 같았기 때문이다. 집에 누운 채 얼굴과 다리의 상처에는 약국에서 가져온 고약을 바르고 일변 보약을 달여 먹도록 시키기만 하고 형태는 아직 한 번도 들여다보지는 않았으나 서울집에 대한 의혹이 생길 때에는 불현듯이 정이 불꽃같이 타오르며 그를 만나고 싶은 생각이 유연히 솟아올랐다. 그럴 때에는 면장 운동보다도 오히려 더 큰 열정이 그를 송두리째 사로잡으며 서울집을 잃는다면 그까짓 면장은 얻어 해 무엇하노 하는 생각조차 들었다.

분
녀

1

 우리도 없는 농장에 아닌 때 웬일인가들 의아하게 여기고 있는 동안에 집채 같은 돼지는 헛간 앞을 지나 묘포苗圃 밭으로 달려온다. 산돼지 같기도 하고 마바리 같기도 하여 보통 돼지는 아닌데다가 뒤미처 난데없는 호개 한 마리가 거위영장같이 껑충대고 쫓아오니 돼지는 불심지가 올라 갈팡질팡 밭 위로 우겨든다. 풀 뽑던 동무들은 간담이 서늘하여 꽁무니가 빠져라 산지사방으로 달아난다. 허구 많은 지향 다 두고 돼지는 굳이 이쪽을 겨누고 욱박아오는 것이다. 분녀는 기겁을 하고 도망을 하나 아무리 애써도 발이 재게 떨어지지 않는다. 신이 빠지고 허리가 휘는데 엎친 데 덮치기로 공칙히 앞에는 넓은 토벽이 막혀 꼼짝 부득이다. 옆으로 빗빼려고 하는 서슬에 돼지는 앞으로 왈칵 덮친다. 손가락 하나 놀릴 여유도 없다. 육중한 바위 밑에서 금시에 육신이 터지고 사지가 떨어지는 것 같다. 팔을 꼼짝달싹할 수 없고 고함을 치려야 입이 움직이지 않는다.

　분녀는 질색하여 눈을 떴다.

　허리가 뻐근하며 몸이 통세痛勢난다.

　문득 짜장 놀라서 엉겁결에 소리를 치나 소리는 나오지 않는다. 무엇인지 틀어막히고 수건으로 자갈이 물려 있지 않은가. 손을 쓰려 하나 눌렸고 다리도 허리도 머리도 전신이 무거운 돼지 밑에 있는 것이다. 몸에 칼이 돋기 전에는 이 몸도 적을 물리칠수 없지 않은가.

어둠 속에서도 경풍할 변괴에 부끄러운 생각이 났다. 어머니앞에서도 보인 법 없는 몸뚱이를 하고 옷으로 덮으려 하나 생각뿐이다. 어머니는, 하고 가까스로 고개를 돌리니 윗목에 누웠고 그 너머로 동생의 코 고는 소리가 들린다. 같은 방에 세 사람씩이나 산 넋이 있으면서도 날도적을 들게 하다니 멀건 등신들이라고 원망할 수도 없는 것은 된 낮일에 노그라져서 함빡 단잠에 취하여 있는 것이다. 발로 차서 어머니를 깨우고도 싶으나 발이 닿기에는 동이 떴다. 삼경이 넘었을까, 밤은 막막하다. 열린 문으로는 바람 한숨 없고 방 안이나 문밖이 일반으로 까마득하다. 먼 하늘에는 별똥 하나 안 흐른다.

"원망할 것 없다. 둘만 알고 있으면 그만야. 내가 누구든…… 아무에게나 다 마찬가지진걸."

더운 날숨이 이마를 덮는다. 부스럭부스럭하더니 저고리 고름을 올가미 지어 매어주는 눈치다.

 간단하고 감쪽같다. 도적은 흔적 없이 '훔칠 것'을 훔치고 늠실하고 나가버렸다.

 몸이 풀리자 분녀는 뛰어 일어나 겨우 입 봉창을 빼기는 하였으나 파장 후에 소리를 치기도 객쩍다.

 대체 웬 녀석인가 뛰어나가 살폈으나 간곳없다. 목소리로 생각해보아도 알 바 없고 맺혀진 옷고름을 만져보는 건 뜻 없다. 하늘이 새까맣다. 그 새까만 하늘이 부끄럽고 디딘 땅이 부끄럽고 어두운 밤을 대하기조차 겸연스럽다.

 몸이 무시근하다. 우물에서 물을 두어 두레 퍼 올려 얼굴을 씻고 방에 들어가 등잔에 불을 켰다. 어둠 속에서 비밀을 가진 방안은 밝을 때엔 천연스럽다. 땅 그 어느 한구석이 무지러져 떨어졌을 것 같다. 하늘의 별 한 개가 없어졌을 것 같다. 몸뚱이가 한구석 뭉청 이지러진 것 같다. 반쪽 거울을 찾아 들고 얼굴을 비추어 보았다. 코며 입이며 볼이며 상하지 않고 제대로 있는 것이 도리어 신기하게 여겨졌다. 어차피 와야 할 것이겠지만 그것이 너무도 벼락으로 급작스레 어처구니없게 온 것이 분녀에게는 알수 없이 겸연스러웠다.

얼굴과 몸을 어루만지며 어머니의 잠든 양을 물끄러미 바라보려니 별안간 소름이 치며 가슴이 떨린다. 무서운 생각이 선뜻 들며 어머니를 깨우고 싶다. 그러나 곤한 눈을 멀뚱하게 뜨고 상기된 눈방울로 이쪽을 바라보는 것을 보면 분녀는 딴소리밖엔 못하였다.

"새까맣게 흐린 품이 천둥하고 비 올 것 같으우."

묘포 감독 박추의 짓일까. 데설데설하며 엄부렁한 품이 아무짓인들 못할 것 같지 않다. 계집아이들 틈에 끼여 인부로 오는 명준의 짓일까. 눈질이 영매스러운 것이 보통 아이는 아니나 워낙 집안이 억관인 까닭에 일껏 들어간 중등학교도 중도에서 퇴학하고 묘포 인부로 오는 것이 가엾긴 하다. 그러나 그라고 터놓고 을러멨다고 하면 응낙할 수 있었을까. 군청 급사 섭춘이나 아닐까. 행길에서도 소락소락 말을 거는 쥐알봉수. 그 초라니라면 치가 떨려 어떻게 하나.

잠을 설쳐버린 분녀는 고시랑고시랑 생각에 밤을 샜다. 이튿날은 공교로이 궂은 까닭에 비를 칭탁하고 일을 쉬고 다음 날 비로소 묘포로 나갔다. 같은 생각이 머릿속에 뱅 돌아 사람을 만나기가 여간 겸연쩍지 않다. 사람마다 기연미연 혐의를 걸어보기란 면난스러운 일이었다.

하늘이 제대로 개고 땅이 이지러지지 않은 것이 차라리 시뻐스럽다. 천지는 사람의 일신의 괴변쯤은 익지 않은 과실이 벌레에게 긁힌 것만큼도 대수롭게 여기지 않는 모양이다. 하긴 다행이지 몸의 변고가 일일이 하늘에 비치어진다면 기분이 순야, 옥녀, 모든 동무들에게 그것이 알려질 것이요, 그들의 내정도 역시 속 뽑힐 것이다. 이런 생각이 들자 별안간 그들은 대체 성할까 하는 의심이 불현듯 솟아오르며 천연스러운 얼굴들이 능청스럽게 엿보였다.

박추와 명준에게만은 속내를 들킨 것 같아서 고개가 바로 쳐들리지 않았다. 다시 살펴도 가잠나룻이 듬성한 검센 박추, 거드름 부리는 들때밑. 이 녀석한테 당하였다면 이 몸을 어쩌노. 잠자코 풀 뽑는 무죽한 명준이, 새침한 몸집 어느 구석에 그런 우락부락한 힘이 들어 있을꼬, 사람은 외양으론 알 수 없다. 마치 그것이 명준이요, 적어도 명준이었으면 하는 듯이 이렇게 생각은 하나 면상과 눈치로는 그가 그인지 누가 그인지 도무지 거니챌 수 없다. 이러다가는 평생 그 사람을 모르고 지내지나 않을까.

맡은 이랑의 풀을 뽑고 난 명준은 감독의 분부로 이깔 포기에 뿌릴 약재를 풀어 무자위로 치기 시작하였다. 한 손으로 물을 뿜으며 다른 손으로 물줄기를 흔들다가 고무줄이 빗나가는 서슬에 푸른 약물이 옥녀의 낯짝을 쏘았다. 옥녀는 기겁을 하여 농인줄만 알고 저 녀석 얼뜨기같이 해가지고 요새 무슨 곡절이 있어 하고 쏘아붙인다. 명준은 픽 웃으며 마침 손이 빈 분녀에게 고무줄을 쥐여주고 뿌려주기를 청하였다. 두 사람이 자연스럽게 한 무자위로 협력하게 되자 옥녀는 더 말이 없었다.

    통의 것을 다 쳤을 때 다시 물을 길을 양으로 분녀는 명준의 뒤를 따라 도랑으로 내려갔다. 도랑은 풀이 가려 밭에서 보이지는 않는다. 명준은 손가락으로 물탕을 치며 낯이 부드럽다.

    "일하기 싫지 않니?"

    대번에 농조로,

    "너 어떤 놈에게로 시집가련. 박추한테라도."

    "미친 것 다따가."

    "시집갔니 안 갔니?"

관자놀이가 금시에 빨개진 것을 민망히 여겨 곧 뒤를 이었다.

"평생 시집 안 갈 테냐?"

"망할 녀석."

"난 이 고장에서 없어지겠다. 살 재미 없어, 계집애들 틈에 끼여 일하기도 낯없다. 일한대야 부모를 살릴 수 없고 잡다한 세금도 못 물어 드잡이를 당하는 판이 아니냐. 이까짓 고향 고맙잖어. 만주로 가겠다. 돌아다니며 금광이나 얻어보련다. 엄청난 소리지. 그러나 사람의 운수를 알 수 있니."

"정말 가겠니?"

"안 가고 무슨 수 있니. 이까짓 쭉쟁이 땅 파야 소용 있나. 거기도 하늘 밑이니 사람이 살지 설마 짐승만 살겠니."

물을 나르고 다시 도랑으로 내려왔을 때 명준은 다따가 분녀의 팔을 잡았다.

"금덩이를 지고 올 때까지 나를 기다려주

련."

 눈앞에 찰락거리는 명준의 옷고름이 새삼스럽게 눈에 띄자 분녀는 번개같이 정신이 번쩍 들었다. 끝을 훔쳐맨 고름이 같은 꼴의 제 옷고름과 함께 나란히 드리운 것이다.

 "네 짓이었구나."

 분녀는 짧게 외치고 고개를 떨어뜨렸다.

 "언제까지든지 나를 기다리고 있으련?"

 박추의 소리가 나자 두 사람은 날쌔게 떨어져 밭으로 갔다. 분녀는 눈앞이 아찔하며 별안간 현기증이 났다.

 그뿐 명준은 다시 묘포 밭에 나타나지 않았다. 다음 날도 다음날도, 며칠 후에 짜장 만주로 내뺐다는 소문이 들렸다. 분녀는 마음이 아득하고 산란하여 일을 쉬는 날이 많았다.

2

분녀는 그렇게 눈떴다.

인생의 고패를 겪은 지 이태에 몸은 활짝 피어 지난 비밀의 자취도 어스레하다. 껍질에 새긴 글자가 나무가 자람에 따라 어느 결엔지 형적이 사라진 격이다.

이제 아닌 때 별안간 불풍나게 두 번째 경험을 당하려고 하는 자리에 문득 옛 생각이 떠오르지 않을 수 없었다. 흐르는 향기같이 불시에 전신을 휩싼다. 피가 끓으며 세상이 무섭고 가슴이 두근거리며 손가락이 떨린다. 물동이를 깨뜨린 때와도 같이 겁이 목줄을 조인다.

대체 어떻게 하여서 또 이 지경에 이르렀나 생각하면 눈앞이 막막하다.

거리에 자주 삐쭉거린 것이 잘못일까. 만갑이에게는 어찌되어 이렇게 허름하게 보였을까. 돈도 없으면서 가게에 들어가서 이것저것 탐내는 것부터 틀렸다. 집안이 들구날 판에 든벌의 옷도 과람한데 단오빔은 다 무엇인가. 돈 있는 사람들의 단오놀이지 가난한 멀떠구니의 아랑곳인가. 이곳 질숙 저곳 기웃 하며 만져보고 물어보고 눈을 까고 한숨 쉬고 하는 동안에 엉큼한 딴꾼에게 온전히 깐보이고 감잡혔다. 만갑이는 가게에 사람이 빈 때를 가늠 보아 미처 겨를 사이도 없이 몸째 덜렁 떠받들어 뒷방에 넣고 안으로 문을 잠근 것이다.

부락스러운 꼴이 사내란 모두 꿈에서 본 돼지요, 엉큼한 날도적이다. 훔친 뒤에는 심드렁하다.

"가지고 싶은 것 말해봐…… 무엇이든지 소용되는 대로 줄게."

"욕을 주어도 분수가 있지. 사람을 어떻게 알고 이 수작이야."

분녀는 새삼스럽게 짜증을 내며 보기 좋게 볼을 올려붙였다. 엄청난 짓을 당하면서 심상한 낯을 지닐 수도 없고 그렇게라도 할 수 밖엔 없었다.

"미워 그랬나."

"몰라, 녀석."

쏘아붙이고는 팔로 눈을 받치고 다따가 울기 시작하였다. 사실 눈물도 나왔다. 첫 번에는 겁결에 울기란 생각도 안 나던 것이 지금엔 눈물이 솟는 것이다. 그 무엇을 잃은 것 같다. 다시 찾을 수 없을 것 같다. 안타까운 생각에 몸이 떨린다.

"울긴 왜…… 사람은 다 그런 것이야. 단오에 들 것 한 벌 갖추어줄게."

머리를 만지다 어깨를 지긋거리면서,

"삽삽하게만 굴면야 이 가게라도 반 노나 줄걸."

가게에 인기척이 나는 까닭에 분녀는 문득 울음을 그쳤다. 부르다가 주인의 대답이 없으니 사람은 나가버렸다. 만갑이는 급작스럽게 말을 이었다.

"여편네가 중풍으로 마저마저 거꾸러져가는 판이니 그렇게만 된다면야 나는 분녀를 새로 맞어다 가게를 맡길 작정인데 뜻이 어떤가?"

울면서도 분녀는 은연중 귀를 솔깃하고 있었다.

"잘 생각해볼 일이야."

넌지시 눌러놓고 만갑이는 한 걸음 먼저 방을 나갔다. 손님을 보내기가 바쁘게 방문을 빠끔히 열고 불러냈다.

"이것 넣어둬."

소매 속에다 무엇인지를 틀어넣어 주는 것이다. 분녀는 어안이 벙벙하였다.

집에 돌아와 소매 갈피를 헤치니 지전 한 장이 떨어졌다. 항용 보던 것보다는 훨씬 넓고 푸르다. 과람한 것을 앞에 놓고 분녀는 적이 마음이 누근하였다. 군청 관사에 아침저녁으로 식모로 가서 버는 한 달 월급보다 많다. 월급이라야 단돈 사 원으로는 한달 요料의 보탬도 못 된다. 화세火稅로 얻어 부치는 몇 뙈기의 밭을 그래도 어머니와 동생이 드세게 극성으로 가꾸는 덕에 제철 제철의 곡식이 요를 도우니 말이지, 그것도 없다면야 분녀의 월급으로는 코에 바를 나위도 없을 것이다. 웬 곳에 가 있는 오빠가 좀 더 온전하다면 집안이 그처럼도 군색하지는 않으련만 엉망인 집안에 사람조차 망나니여서 이웃 고을 목탄 조합에 가 있어 또박또박 월급 생애를 하면서도 한 푼 이렇다는 법 없었다. 제 처신이나 똑바로 하였으면 걱정이나 없으련만 과당하게 건들거리다 기어코 거덜나고야 말았다. 늦게 배운 오입에 수입을 탕갈蕩竭하다 나중에 공금에까지 손찌검을 한 것이다. 탄로되었을 때에는 오백 소수나 감춰낸 뒤였다. 즉시 그 고을 경찰에 구금되었다가 검사국으로 넘어간 것은 물론이거니와 신분 보증을 선 종가에 배상액을 빗발같이 청구하므로 종가에서는 핏질 뛰어들어 야기를 부리는 것이다. 집안은 망조를 만난 듯이 스산하고 을씨년스럽다.

불의의 수입을 앞에 놓고 분녀는 엄청나고 대견하였다. 어떻게 했으면 옳을까. 집안일에 보태자니 빚 없고 혼잣일에 쓰자니 끔찍하고 불안스럽다. 대체 집안사람들에게는 출처를 어떻게 말하면 좋을까. 관사에서 얻어내 왔다고 해서 곧이들을까. 가난에 과람은 도리어 무서운 일이다.

왈칵 겁도 났다. 술집 계집이나 하는 짓이 아닌가. 집안사람도 집안사람이려니와 명준에게 상구에게 들 낯이 있는가. 설사 만주에는 가 있다 하더라도 첫 몸을 준 명준이가 아닌가. 그야말로 불시에 금덩이나 짊어지고 오면 어떻게 되노.

그러나 명준이보다도 당장 날마다 만나게 되는 상구에 대하여서는 어떻게 한단 말인가. 확실히 그를 깔보고 오기는 했다. 그렇기 때문에 벌써 피차에 정을 두고 지낸 지 반년이 넘는데도 몸하나 까딱 다치지 못하게 하여왔다.

 그 역 몸은 다칠 염도 하지 않았다. 그러나 그는 깔보일 인금인가. 명준이같이 역시 눈질이 보통 재물은 아니다. 학교도 같은 학교나 명준이같이 중도에서 폐학할 처지도 아니요, 그것을 마치고는 서울 가서 웃학교를 치를 생각이라니 그렇게만 된다면야 취직도 한층 높아 고을 학교만을 졸업하고 삼종훈도로 나가거나 조합 견습생으로 뽑히는 것과는 격이 다르다. 다만 세월이 너무 장구한 것이 지리하다. 지금 학교를 마치재도 이태 웃학교까지 필함은 어느 천년일까. 그때까지는 집안은 창이 날 것이다. 몸까지 허락하면 일이 됩데 틀어질 것 같아서 언약만 하여놓고 손가락 하나 까딱 못하게 한 것이다. 상구 역시 그것을 원하지 않았고 공부에 유난스럽게 힘을 들이는 모양이다. 그러는 동안에 이 꼴이 되고 말았다.

 허랑한 몸으로 상구를 어찌 대하노. 그렇다

고 그를 당장에 단념할 신세도 못 되고, 진 죄를 쏟아놓고 울고 뛸 수는 더욱 없는것이다.

생각과 겁과 부끄럼에 분녀는 정신이 섞갈린다.

3

학교가 바쁜 지 여러 날이나 상구를 만날 수 없다. 눈앞에 면대하지 않으니 겁도 차차 으스러지고 도리어 마음은 허랑하게 만든다.

실상은 다음 날로라도 곧 가려 하였으나 겸연쩍은 마음에 그럴 수도 없어 며칠은 넘겼다. 그날 부랴부랴 그곳을 나오느라고 만갑이 가게에 물건을 잊어둔 것이다. 물건도 물건, 공칙히 손에 걸치는 옷가지인 까닭에 안 찾을 수도 없고 밤이 이슥하기를 기다려 분녀는 조심스럽게 거리로 나갔다.

행길에는 사람들이 듬성듬성하다. 전과는 달라 한결 조물거리는 마음에 사방을 엿보며 가게로 들어가자 기다리고 있던 듯이 만갑이는 성큼 뛰어나온다.

"올 사람도 없을 듯하군."

밀창을 드르렁드르렁 밀고 휘장을 치고 가게를 닫는 것이다.

"곧 갈 텐데……"

"눈어림만 했더니 맞을까."

골방문을 냉큼 열더니 만갑이는 상자를 집어낸다. 덮개를 여니 뾰족한 구두, 새까만 광채에 분녀는 눈이 어지럽다.

팔을 낚아 쪽마루로 이끈다.

반갑기보다도 무섭다.

'그까짓 구두쯤.'

불 하나를 끄니 가게 안은 어둑스레하다.

만갑이는 마루에 걸터앉자 강하게 팔을 잡아끈다. 뿌리치고 빼다가 전봇대 모서리에서 붙들렸다.

"손가락 겨냥 좀 해볼까."

우격으로 끌린다.

마루에 이르기 전에 만갑이는 날쌔게 남은 등불을 마저 죽여버렸다.

어두운 속에서 분녀는 씨름꾼같이 왈칵 쓰러졌다. 더운 날숨이 목덜미를 엄습한다. 굵은 바로 얽어매인 것같이 몸이 가쁘다.

'미친 것.'

즐겨서 들어온 것은 아니나 굳이 거역할 것이 없는 것은 몸이 떨리기는 하나 거듭하는 동안에 마음이 한결 유하여진 것이다. 무엇보다도 어둠에는 눈이 없는 까닭에 부끄러운 생각이 덜하다.

별안간 밀창을 흔드는 인기척에 달팽이같이 몸이 움츠러들었다. 시침을 떼려던 만갑이는 요란한 소리에 잠자코 있을 수 없어 소리를 친다.

"천수냐?"

하는 수 없이 문을 여니 천수가,
"야단났어요."
어느 결엔지 들어와서,
"병환이 더해서 댁에서 곧 들어오시라구요."
"더하다니?"
"풍이 나서 사람을 몰라봐요."
"곧 갈게. 어서 들어가."
천수가 약빠르게 불을 켜는 바람에 분녀는 별수 없이 어지러운 꼴을 등불 아래 드러냈다. 움츠러들며 외면하였으나 천수의 눈이 등에 와 붙은 것 같다.
"녀석, 방정맞게."
만갑이의 호통에보다도 천수는 분녀의 꼴에 더 놀랐다.

이튿날 상구가 왔다.
임시 시험이라고는 칭탁하나 오월도 잡아들지 않았는데 모를 소리였다. 어떻든 그를 만나기는 퍽도 오래간만이다. 거의 하루 건너로 찾아오던 것이 문득 끊어지더니 마침 두 장도막을 넘긴 것이다. 하기는 전 모양 그 모양 지닌 책보도 전의 것대로였다. 다만 얼굴이 좀 그을었고 눈망울이 그 무슨 먼 생각에 멀뚱하다. 필연코 곡절이 있으련만 그것을 꼬싯꼬싯 묻기에 분녀는 심고를 하며 상구의 말과 눈치가 될 수 있는 대로 자기의 일신의 변화 위에 떨어지지 않도록 발뺌을 하느라고 애를 썼다. 속으로는 상구한테서 정이 벌써 이렇게도 떴나 하고 궁리 다른 제 심정을 아프고 민망하게도 여겼다. 거짓 없는 상구의 입을 쳐다보기도 죄만스럽다.

"시골 학교 재미 적다. 서울로나 갈까 생각하는 중이다."

새삼스러운 소리에 분녀는 의아한 생각이 나서,

"아무 델 가면 시험 없나? 뚱딴지같이 다따가 서울은 왜."

"조사가 심해서 책도 맘대로 읽을 수 없어. 책권이나 뺏겼다. 서울 가면 책도 소원대로 읽을 거, 동무도 흔할 거."

"책 책 하니 학교 책이나 보면 됐지 밤낮 무슨 책이야."

책보를 끌러 활짝 헤치니 교과서 아닌 몇 권의 책이 굴러 나왔다. 영어책도 아니요, 수학책도 아니요, 그렇다고 소설책도 아닌 불그칙칙한 껍질의 두터운 책들이다. 분녀는 전부터도 약간은 상구가 그러스름한 책을 읽고 있는 것과 그것이 무슨 속인가를 짐작하여 행여나 하는 의심을 품고 오기는 왔다.

"집에 두면 귀찮겠기에 몇 권 추려 가져왔다. 소용될 때까지 간직했다 주렴."

"주제넘게 엉큼한 수작하다 망할 장본인야. 까딱하다 건수, 윤패 꼴 되려구."

"함부로 지껄이지 말아. 쥐뿔도 모르거든."

상구는 눈을 부르댔다.

"너 요새 수상하더라. 태도가 틀렸지."

소리를 치며 책을 냉큼 들어 분녀의 볼을 갈긴다.

"어떻게 알고 그런 주제넘은 대꾸야."

돌리는 얼굴을 또 한 번 갈기다가 문득 고름 끝에 옮아매인 반지를 보았다.

"웬 것야?"

잡아채니 고름이 떨어진다. 상구는 금시에 눈이 찢어져 올라가며 불이라도 토할 듯 무섭게 외친다.

"어느 놈팽이를 웃어 붙였나 개차반. 천보."

머리채가 휘어 잡혔다. 볼이 얼얼하고 이빨이 솟는 듯하나 분녀는 아무 대답 없다. 모처럼의 기회에 차라리 죽지가 꺾이게 실컷 맞고 싶다. 미안한 심사가 약간이라도 풀려질 것 같다.

"숫제 그 손으로 죽여주었으면."

실토였다. 눈물이 솟는다.

"큰 것 죽이지 네까짓 것 죽이러 생겨났겐."

결착을 내려는 듯이 몸째 차 박지르고 상구는 훌쩍 나가버렸다.

어쩐지 마지막 일만 같아 분녀는 불현듯이 설워지며 공연히 그를 설굿친 것을 뉘우쳤다.

저녁때 밭에서 돌아오기가 바쁘게 어머니는 황당하게 설렌다.

"들었니? 상구 말이다."

분녀의 얼굴에는 아직도 눈물 자국이 부숙부숙한 채로다.

"요새 더러 만나 봤니? 이상한 눈치 보이지 않든? 들어갔단다."

"네, 언제요."

분녀는 눈이 번쩍 뜨인다.

"망간 거리에서 소문 듣고 오는 길이다. 윤패, 건수들과 한 줄에 달린 모양이다. 사람 일 모르겠다."

"낮쯤 와서 책까지 두고 갔는데요."

"낌새채고 하직차로 왔었나 보다. 멀건 소소

리패들과 휩쓸려지내더니 아마도 그간 음특한 짓을 꾸민 게야."

"눈치가 이상은 하였으나 그렇게까지 되다니요."

사실 분녀는 거기까지는 어림하지 못하였다. 아까 상구와 끝내 말다툼까지 하다 그의 심사를 설긋치게 된 것도 실상은 그의 말이 전과는 달리 수상하게 나온 까닭이었다.

"녀석들의 언걸 입었거나 그렇지 않으면 철모르고 덤볐거나 한 게야. 사람은 겉볼안이 아니구먼. 이 일을 어쩌노."

어머니로서는 공연한 걱정이었다.

"웃학교는 애시당초 틀렸지. 초나니 같은 것. 사람 잘못 가렸어."

슬그머니 딸을 바라본다. 분녀의 얼굴은 안온한 것도 같고 아득한 것도 같다.

"사람과 생각이 다른 거야 하는 수 없지요."

"넌 어떻게 생각하느냐 말이다. 분하지 않느

냐?"

"분하긴요."

멀쑥한 얼굴을 은연중 바라보며 어머니는 은근한 목소리로,

"너희들 그간 아무 일 없었니?"

분녀는 부끄러운 뜻에 화끈 얼굴이 달며 착살스러운 어머니의 눈초리에서 외면해버렸다.

"있었다면 탈이다."

수삽스러운 생각에 어머니가 자리를 뜬 것이 얼마나 시원한지 알 수 없다. 어머니에 대하여서보다도 애매한 상구에 대하여 더 부끄럽다. 일신이 별안간 더럽고 께끔하다.

밤이 늦었을 때 분녀는 골목을 나갔다. 남문 거리에 가서 한 모퉁이에 서기만 하면 웬만한 그날 소식은 거의 귀에 들려온다. 행길 복판 게시판 옆에 두런두런 모여서 지껄지껄하는 속에서 분녀는 영락없이 상구의 소문을 가닥가닥 훔쳐낼 수 있었다.

건수가 괴수였다. 모여서 글 읽는 패를 모으려다가 들킨 것이다. 학교에서는 상구 외에도 두 사람, 거리에서는 건수와 윤패네 세 사람, 상구는 건수에게서 책을 빌렸을 뿐이나 집을 속속들이수색당하고 학교에서는 나오는 대로 퇴학을 맞을 것이다.

상구도 이제는 앞길이 글렸구나 생각하면서 분녀는 발을 돌렸다. 이렇게 될 것을 예료豫料하고 그를 숨기고 허랑하게 처신을 하여온 것 같아 면목 없고 언짢다.

집에 돌아오니 상구의 두고 간 책이 유난스럽게 눈에 띈다. 그립기보다도 도리어 책망하는 원혼같이 보여서 쓸어 들고 아궁 앞으로 내려갔다.

'차라리 태워버리는 것이 거리가 남잖아 피차에 낫지.'

불을 그어 대니 속장부터 부싯부싯 타기 시작한다. 먹과 종이냄새가 나며 두터운 책이 삽

시간에 불덩이가 된다. 어두운 부엌안이 불길에 환하다. 상구와는 영영 작별 같다. 악착한 것 같아 분녀는 눈앞이 어질어질하다.

4

날이 지남에 따라 무겁던 마음도 차차 홀가분해지고 상구에 대하여 확실히 심드렁하게 된 것을 분녀는 매정한 탓일까 하고도 생각하였다. 굴레를 벗은 것같이 일신이 개운하다. 매일 곳 없으며 책할 사람 없다고 느끼는 동안에 마음이 활짝 열려 엉뚱한 딴사람으로 변한 것 같다.

어느 날 저녁 느직하게 돼지물을 주고 우리에 의지하여 하염없이 들여다보고 있을 때 문득 은근한 목소리에 주물트리고 돌아서니 삽짝문 어귀에 사람의 꼴이 어뜩한다. 홀태 양복을 입고 철 잃은 맥고를 쓴 것이 갈데없는 만갑이다.

혹시 집안사람에게라도 들키면 하고 밖으로 손짓하며 뛰어갔다.

"동문 밖까지 와줄 텐가. 성 밑에 기다리고 있을게."

만갑은 외면하여 돌아서며 다짜고짜로 부탁이다.

"의논할 일이 있어. 안 오면 낭패야."

대답할 여지도 없게 다짐하고는 얼굴도 똑똑히 보이지 않고 사람의 눈을 피하는 듯이 휙 가버린다. 어둠 속에 달아나는 꼴이 어렴풋하다. 약빠른 꼴이 믿음직은 하나 너무도 급작스러워서 분녀는 미심하게 뒷모양을 바라본다. 여편네 병이 위중한가.

방에 돌아와 망설이다가 행티가 이상한 까닭에 담보를 내서 가보기로 하였다. 물론 그에게는 그만큼 마음이 익은 까닭도 있었다.

동문을 나서니 들판이 까마득하고 높이 우중충하다. 오 리 밖 바다가 보이는지 마는지 달

없는 그믐밤이 금시에 사람을 홀릴듯하다.

 길 없는 둔덕으로 들어서 성곽 밑으로 다가서기가 섬뜩하고 께끔하다. 여우에게 홀리는 것은 이런 밤일까. 여우보다는 사람에게 홀리는 것이 그래도 낫겠지 하는 생각에 문득 성벽에 납작 붙은 만갑을 발견하였을 때에는 차라리 반가웠다.

 사내는 성큼 뛰어와 날쌔게 몸을 끌었다. 무서운 판에 분녀는 뿌듯한 힘이 믿음직하여 애써 겨루려고도 하지 않고 두 팔에 몸을 맡겨버렸다.

 "분녀."

 이름을 부를 뿐 다른 말도 없이 급작스레 허리를 죄더니 부락스럽게 밀친다.

 "다짜고짜로 개처럼 뭐야 원."

 분녀는 세부득이 쓰러지면서 게정거리나 어기찬 얼굴이 입을 덮는다. 말이 떨리며 몸짓이 어색하다.

"말이 소용 있나."

목소리에 분녀는 웅끗하였다.

"녀석 누구야?"

소리를 지르나 입이 막힌다.

"만갑인 줄만 알았니? 어수룩하다."

손으로 뺨을 하나 올려 쳤을 뿐 즉시 눌려 꼼짝할 수도 없다.

"듣지 않을 듯해서 감쪽같이 만갑이로 변해 보았다. 계집을 속이기란 여반장이야. 맥고 쓰고 홀태 양복만 입으면 그만이니."

천수도 사내라 당할 수 없이 빡세다.

"딴은 만갑이 좋긴 좋구나. 여기까지 나오는 것 보니, 녀석도 여편네는 마저마저 거꾸러지는데 말 아니야. 물건을 낚시 삼아 거리의 계집애들 다 망쳐놓으니."

천수의 심청은 생각할수록 괘씸하였으나 지난 후에야 자취조차 없으니 하릴없는 노릇이다. 마음속에 담고 있을 뿐 호소할 곳도 없으며 물론 말할 곳도 없다. 그러나 이상하게도 날이 지날수록 괘씸한 마음은 차차 스러져갔다.

어차피 기구하게 시작된 팔자였다. 명준이 때나 천수 때나 누군 줄도 모르고 강박으로 몸을 맡겼다. 당초에 몸을 뜯고 울고 하였으나 지금 와 보면 명준이나 천수나 만갑이까지도⋯⋯ 다 같다. 기운도 욕심도 감동도 사내란 사내는 다 일반이다. 마치 코가 하나요, 팔이 둘인 것같이 뛰어나지 못한 사내도 나은 사내도 없고 몸을 가지고만 아는 한정에서는 그 누구가 굳이 싫은 것도 무서운 것도 없다. 명준에게 준 몸을 만갑에게 못 줄 것 없고 만갑에게 허락한 것을 천수에게 거절할 것이 없다.

다만 부끄러울 뿐이다. 벗은 몸을 본능적으로 가리게 되는 것과 같은 심정으로 그것은 여자의 한 투다.

문만 들어서면 세상의 사내는 다 정답다. 천수를 굳이 괘씸히 여길 것 없다.

분녀는 이렇게까지 생각하게 되었다. 마음이 허랑해졌다고 할까. 확실히 새 세상을 알기 시작한 후로 심정이 활짝 열리기는 열렸다. 아무리 마음속을 노려보아도 이렇게밖엔 생각할 수 없다. 천수를 안된 놈이라고만 칭원할 수 없다.

정신이 산란하여 몸이 노곤하다. 살림은 나아지는 법 없고 일반인데다가 어느 날 또 발등에 불이 떨어졌다. 이웃 고을 재판소에서 검사국으로 넘어갔던 오빠의 재판이 열리는 것이다. 조합 당사자들에게 호출이 왔을 것은 물론이나 경찰에서 참량參量하여 집에도 통지가 왔다. 들어간 후로는 꼴을 본 지도 하도 오랜 까닭에 어머니만이라도 참례하여 징역으로 넘어가기 전에 단 눈보기만이라도 하였으면 하나 재판을 내일같이 앞두고 기차로 불과 몇 시간이 안 걸리는 곳인데도 골육을 보러 갈 노자가 없는 것이다. 어머니는 딸을, 딸은 어머니를 쳐다만 보며 종일 동안 궁싯거릴 뿐이었다.

생각다 못해 분녀는 밤늦게 거리로 나갔다. 만갑이밖엔 생각나는 것이 없다. 통사정하면 물론 되기는 될 것이다. 말하기가 심히 거북하여서 주저될 뿐이다.

"만갑이 보러 왔니? 온천으로 놀러 갔다."

위인이 없다면 말도 할 수 없기에 얼빠진 것같이 우두커니 섰노라니 천수는 민망한 듯이 덜미를 친다.

"요 전 일 노엽니?"

뒤를 이어,

"무슨 일인지 내게 말하렴. 났으니 말이지 만갑이에게 말해도 소용없을 줄이나 알아라. 네게서 벌써 맘 뜬 지 오래야. 요새는 남돗집 원선이와 좋아 지내는 모양이더라. 여편네 병은 내일내일하는데……."

분녀는 불시에 뒤통수를 얻어맞은 것 같다. 눈앞이 아득하다.

"가게라도 반 떼어주겠다고 꼬이지 않든? 여편네가 죽으면 후실로 들여 가게를 맡기겠다고 하지 않든? 누구에게든지 하는 소리, 그게 수란다."

기둥을 잃은 것 같다. 몸이 떨린다. 그를 장래까지 믿었던 것은 아니나 너무도 간특스럽게 속힌 셈이다.

"만갑이처럼 능청스럽지는 못하나 네게 무엇을 속이겠니. 무슨 일이든 말하렴. 내 힘엔 부친단 말이냐?"

"아무것도 아니다."

"어떻게 생각할지 모르나 돈이라면 여기 잔돈푼이나 있다. 어떻게 여기지 말고 소용되는 대로 쓰려무나."

천수는 지갑을 내서 통째로 손에 쥐여준다. 분녀는 알 수 없이 눈물이 솟는다. 예측도 못한 정미情味에 가슴이 듬뿍해서 도리어 슬프다.

5

 어머니는 재판소에 갔다 온 날부터 심화가 나서 누웠다 일어났다 하였다. 훌렁바지를 입고 용수를 쓴 오빠의 꼴이 눈앞에 어른거려 잠을 못 이루는 눈치다. 눈물이 마를 새 없고 눈시울이 부어서 벌겠다. 몇 해 징역이나 될까. 판결이 궁금하다기보다 무섭다. 엄정한 재판장의 모양이 눈에 삼삼하다. 종가에서는 발조차 일절 끊었다.

 스산한 속에도 단오가 가까워온다.

 거리 앞 장대에서는 매년같이 시민 운동회가 성대하게 열린다는 바람에 거리 사람들은 설렌다. 일 년에 한 번 오는 이 반가운 명절 때문에 사람들은 사는 보람이 있는 듯하다. 씨름이 있고 그네가 있고 활이 있고 자전거 경주가 있다. 사람들은 철시하고 새옷 입고 장대로 밀릴 것이다.

분녀는 정황은 못 되었으나 그래도 명절이 은근히 기다려진다. 제사 지낼 떡은 못 빚을지라도 만갑에게서 갖추어 얻은 것으로 이럭저럭 몸치장은 될 것이다. 무엇보다도 올에는 그네를 뛰어 상에 들 가망이 있는 것이다.

"자전거 경주에 또 나가보겠다."

천수가 뽐내는 것을 들으면 분녀도 마음이 뛰놀았다.

"을손이를 지울 만하냐?"

"올에야 설마 짓구땡이지 어디 갈랴구. 우승기 타 들고 거리를 돌게 되면 나와 살겠니?"

"밤낮 살 공론이야."

이렇게 말한 것이 실상에 당일에는 어찌된 일인지 도무지 신명이 나지 않았다.

못을 박은 듯이 빽빽이 선 사람 틈으로 자전거 경주를 들여다보고 있노라니 앞장서서 달아나던 천수는 꽁무니를 쫓는 을손과 마주 스치더니 급작스러운 모서리를 돌 때 기어코 왈칵 쓰러져 일어나는 동안에는 벌써 맨 뒤에 떨어져 버렸다. 을손의 간악한 계교에 얼입었다고 북새를 놓았으나 을손이 벌써 일등을 한 뒤라 공론이 천수에게 이롭지 못하였다. 조마조마 들여다보던 분녀는 낙심이 되어 차례가 와 그네에 올랐을 때에도 마음이 허전허전하였다.

나마저 실패하면 어쩌노 생각하며 애써 힘을 주어 솟구기 시작하였다.

희뚝거리던 설개도 차차 편편해지고 두 손아귀의 바도 힘차고 탐탁하게 활같이 휘었다 펴졌다 한다. 그네와 몸이 알맞게 어울려 빨리 닫는 수레를 탄 것같이 유쾌하다. 나갈 때에는 눈앞이 휘연하고 치맛자락이 너볏이 나부낀다. 다리 밑에 울멍줄멍 선 사람들의 수천의 눈방울이 몸을 따라 왔다 갔다 한다. 하늘에 오를 것 같고 땅을 차지한 것도 같다. 땅 위의 걱정은 어디로 날아간듯싶다.

바에 달린 줄이 휘엿이 뻗쳐 방울이 딸랑 울리 때도 얼마 남지 않은 것 같다. 아래에서는 연방 추스르는 말과 힘을 메기는 고함이 들린다. 몸은 퍼질 대로 퍼지고 일등도 머지않다.

그때였다. 들어왔다 마지막 힘을 불끈 내어 강물같이 우렷이 솟아 나갈 때 벌판으로 달리는 눈동자 속에 문득 맞은편 수풀 속의 요절할 한 점의 광경이 들어왔다. 순간 눈이 새까매지고 허리가 휘청 꺾이며 힘이 푹 스러지는 것이었다.

'왕가일까?'

추측하며 재차 솟구며 나가 내려다보니 움직이지도 않고 그대로 서 있는 꼴이 개울 옆 수풀 그늘 아래 완연하다. 그 불측한 녀석은 참다 못해 그 자리에 선 것이 아니요, 확실히 일부러 그 꼴을 하고 서서 이쪽을 정신없이 쳐다보는 것이었다. 아마도 오랫동안 그 목적으로 그 짓을 하고 섰던 것이 요행 주의를 끌어 눈에 뜨인 것이리라. 거리에서 드팀전을 하고 있는 중국인 왕가인 것이다.

'음칙한 것.'

속으로는 혀를 차면서도 이상하게도 한눈이 팔려 분녀는 노리는 동안에 팽팽하게 당기던 기운이 와싹 줄어들며 그네가 줄기 시작하였다. 허리가 꺾이고 다리가 허전해지더니 다시 힘을 주려야 줄 수 없다. 팔이 떨려 바가 휘청거리고 발에 맥이 풀려 설개가 위태스럽다. 벌써 자세가 빗나가고 몸과 그네가 틀리기 시작하였다. 거의 방울이 마저마저 울리려 하던 폿줄이 옴츠려들게만 되니 그네는 마지막이요, 일등은 날아갔다. 분녀는 아홉 솖음의 공을 한 솖음의 실책으로 단망할 수밖엔 없었다. 줄 아래 사람들은 공중의 비밀은 알 바 없어 혹은 탄식하고 혹은 소리치며 다만 분녀의 못 미치는 재주를 아까워하는 것이었다.

이렇게 된 바에야 하고 분녀는 줄어드는 그

네 위에서 담대스럽게 녀석을 노려서 물리치려고 하였다. 그러나 이상한 것은 노리는 동안에 그를 물리치기는커녕 이쪽의 자세가 어지러워질 뿐이다. 오금에 맥이 빠지고 나부끼는 치마폭이 부끄럽다.

일종의 유혹이었다. 천여 명 사람 속에서 왕가의 그 꼴을 보고 있는 것은 분녀뿐이다. 말하자면 두 사람은 많은 총중의 눈을 교묘하게 피하여 비밀히 만나고 있는 셈도 된다. 왕가의 간스러운 손짓과 마주치는 분녀의 시선은 말없는 대화인 셈이다. 분녀는 부끄러운 생각에 얼굴이 붉어졌다.

줄에서 내렸을 때까지도 좀체 흥분이 사라지지 않았다.

좀 상에는 들었으나 상보다도 기괴한 생각에 몸이 무덥다.

이 괴변을 누구에게 말하면 좋은가. 혼자만 알고 있는 것이 옳을까 생각하며 천수를 찾았으나 많은 눈 속에서 소락소락 말을 붙일 수도 없어서 집으로 돌아와서야 겨우 기회를 잡았으나 천수는 홧김에 술이 거나하게 취하여 있다.

"개울가로 나올련 요절할 이야기 들려줄게."

"분해 못 견디겠다. 을손이 녀석."

분녀는 혼자 먼저 나갔으나 시납시납 거닐어도 천수의 나오는 꼴이 보이지 않았다. 분김에 손과 맞붙어 싸우지 않는가.

양버들 숲을 서성거리는 동안에 어두워졌다. 개울까지 나갔다 다시 수풀께로 돌아오면서 하릴없이 왕가의 생각에 잠겨본다. 초라한 꼴로 거리에 온 지 오륙 년이나 될까. 처음에는 마병 장사를 하던 것이 차차 늘어 지금에는 드팀전으로도 제일 크다. 실속으로는 거리에서 첫째 부자라는 소리도 있으나 아직도 엄지락총각의 신세를 면하지 못하여 가끔 술집에 가서는 지전을 물 쓰듯 뿌린다고 한다. 중국 사람은 왜 장가가 늦을까. 여편네가 귀한 탓일까.

수풀 그늘 속으로 들어가려던 분녀는 기겁을 하고 머물렀다.

제 소리의 범이 있는 것이다. 왕가는 마치 그를 기다리고 있던 것같이 벙글벙글 웃으며 앞에 막아선다. 하기는 낮에 섰던 바로 그 자리이긴 하다. 도깨비에게 홀린 것도 같다.

쭈뼛 솟았던 머리끝이 가라앉기도 전에 몸이 왕가의 팔 안에 있다. 입을 벌리기에는 너무도 어처구니없고 삽시간이라 겨를 틈도 없다.

'평생이 이다지도 기구할까.'

분녀는 혼자 앉았을 때 스스로 일신이 돌려보였다.

수풀 속에서 왕가에게 결박을 당하였을 때 악을 다하여 결었다면 겯지 못하였을까. 가령 팔을 물어뜯는다든지 돌을 집어 얼굴을 찧는다든지 하였으면 당장을 모면할 수는 있지 않았던가. 그럼에도 그는 그것을 할 수 없었고 이상한 감동에 몸이 주저들자 기운도 의사도 사라져버려 그뿐이었다.

마치 당시에는 함빡 술에라도 취하였던 것 싶다.

천수를 대할 꼴도 없다. 하기는 만갑과의 사이를 아는 그가 왕가와의 사이인들 굳이 나무랄 이치도 없기는 하다. 천수는 만갑에게서 그를 빼앗았고 차례로 왕가에게 빼앗긴 셈이다. 몸이란 나루에서 나루로 멋대로 흘러가는 한 척의 배 같다. 하기는 만약 그날 저녁 약속한 천수가 어김없이 개울가로 나와주었더라면 그렇게 신세가 빗나가지는 않았을 것이다. 천수를 한할까, 왕가를 원망할까.

분녀는 길게 한숨지으며 생각에 눈이 흐리멍덩하다. 천수를 한할 바도 못 되거니와 왕가를 미워할 수도 없는 것이다.

생각하기도 부끄러운 일이나 사실 왕가는 특별한 인간이었다. 사내 이상의 것이라고 할까.

그로 말미암아 분녀는 완전히 눈을 뜨게 된 것이다.

왕가를 보는 눈이 전과는 갑자기 달라져서 은근히 그가 그리운 날이 있었다. 피가 수물거려 몸이 덥고 골이 띵할 때조차 있었다. 그런 때에는 뜰 앞을 저적거리거나 성 밖에 나가 바람을 쏘일 수밖에는 없었다. 그러나 그것만으로는 도무지 몸이 식지 않는 때가 있었다.

하룻밤은 성 밖까지 나갔다. 돌아오는 길에 거리를 거쳤다. 눈치를 보아 왕가와 만날 수가 있지나 않을까 하는 속심도 없는 바 아니었다.

두근거리는 마음에 남문을 지날 때 돌연히 천수를 만났다. 조바심하는 탓으로 태도가 드러나 보였는지 천수는 어둠 속으로 소매를 이끌더니 첫마디에 싫은 소리였다.

"요새 꼴이 틀렸군."

영문을 몰라 맞장구를 쳤다.

"꼴이 틀렸다니 눈이 뒤집혔단 말이냐?"

"눈도 뒤집혔는지 모르지."

"무슨 소리냐?"

"요새 환장할 지경이지?"

"또 술 취했구나. 을손이한테 지더니 밤낮 술이야."

"어물쩡하게 딴소리 그만둬."

쏘더니 목소리를 갈아,

"사람이 그렇게 헤프면 못쓴다. 아무리 너기로서니 천덕구니가 되면 마지막이야."

"무엇 말이냐?"

"그래도 시침을 떼니? 왕가와의 짓 말야."

분녀는 뜨끔하여 입이 막혀버렸다.

"수풀 속에서 본 사람이 있어. 하늘은 속여도 사람의 눈은 못속인다."

따귀를 붙인다. 분녀는 주춤하며 자세가 휘었다.

"다시 그러면 왕가를 찔러라도 눕힐 테야. 치가 떨려 못 살겠다."

한참이나 잠자코 섰던 분녀는 겨우 입을 열었다.

"너 옷섶이 얼마나 넓으냐? 내가 네게 매였단 말이냐. 왕가와 너와 못하고 나은 것이 무엇 있니?"

6

그 후로 천수와의 사이가 뜬 것은 물론이거니와 분녀에게는 여러 가지 궁리가 많아서 얼마간 거리와 일절 발을 끊었다. 아침저녁으로 관사에 다니는 것도 일부러 궁벽한 딴 길을 골랐다. 관사에서 일하는 이외의 여가는 전부 집에서 보냈다.

빈집을 지키며 울밑 콩포기도 가꾸고 우물물을 길어 몸도 씻고 하는 동안에 열이 식어지고 마음도 차차 잡혔다. 몸이 깨끗하고 정신이 맑은데다 뜰 앞의 조촐한 화초 포기를 바라보고 있으면 지난 일이 꿈결같이밖에는 생각나지 않는다. 그 무슨 무더운 대병이나 치르고 난 것 같이 몸이 거뿐하다. 모든 것이 지나간 꿈이었다면 차라리 다행이겠다고 생각해보면 머리채를 땋아 내린 몸으로 엄청난 짓을 한 것이 새삼스럽게 뉘우쳐진다. 명준, 만갑, 천수, 왕가 머릿속에 차례로 떠오르는 환영을 힘써 지워버리려고 애쓰면서 날을 보냈다.

그러나 사람의 마음처럼 조화 많은 것은 없는 듯하다. 언제까지든지 찬 우물물을 끼얹어 식히고 얼릴 수는 없었다. 견물생심으로 다시 분녀의 마음을 움직이게 한 변괴가 생겼다. 망측스러운 꼴이 눈에 불을 붙여놓았다.

여름의 관사는 까딱하면 개망신처가 되기 쉽다. 문이란 문, 창이란 창은 죄다 열어젖히고 대신에 얇은 발이 쳐지면 방 안의 변이 새기 맞춤이다. 문이란 벽 속의 비밀을 귀띔하는 입이다. 그 안에 사는 임자가 밤과 낮조차 구별할 주책이 없을 때에 벽은 즐겨 망신 주기를 좋아하는 것 같다.

그날 저녁 무렵은 유난히도 무더웠다. 더우면 사람들은 해변에서나 집 안에서나 옷 벗기를 즐겨 한다. 분녀는 이역 유난스럽게도 일찍이 부엌일을 마치고는 목욕물을 가늠 보러 목욕간으로 들어갔다. 물줄을 틀어 더운물을 맞추면서 한결같이 누구보다도 먼저 시원한 물속에 잠겼으면 하는 불측한 생각뿐이었다. 그러나 대체 주인 양주는 이때껏 무엇을 하고 있나 하고 빈지 틈에 눈을 댔다. 이 괴망스러운 짓이 실수였는지도 모른다. 빈지 틈으로는 맞은편 건넌방이 또렷이 보인다. 분녀는 하는 수 없이 방 안의 행사를 일일이 보지 않을 수 없었다.

거의 숨을 죽였다. 피가 솟아 얼굴이 화끈단다. 목구멍이 이따금 울린다. 전신의 신경을 살려 두 손을 펴고 도마뱀같이 빈지위에 납작 붙었다.

수돗물이 쏟아질 대로 쏟아져 목욕통이 넘쳐나는 것도 잊어버리고 분녀는 어느 때까지나 정신없이 빈지에 붙어 앉았다. 더운김에 서려서인지 눈에 불이 붙어서인지 몸이 불덩이같이 덥다.

날이 지나도 흥분이 쉽사리 사라지지 않는다.

'그런 세상도 있구나.'

거기에 비하면 지금까지 겪은 세상은 너무도 단순하고 아무것도 아닌…… 방 안의 세상이 아니요, 문밖 세상 같은 생각이 든다. 가지가지의 경험을 죄진 것같이 여기던 무거운 생각도 어느결엔지 개어지고 도리어 자연스럽고 그 위에 그 무엇이 부족하였다는 느낌조차 들었다.

관사의 광경은 확실히 커다란 꼬임이었다. 일시 잠자던 것이 다시 깨어나 이번에는 더 큰

힘으로 움직이기 시작하였다. 아무리 우물물을 퍼서 몸에 퍼부어도 쓸데없다. 한시도 침착하게 앉아 있을 수 없이 육신이 마치 신장대 모양으로 설레는 것이다.

만약 그날로 돌연히 상구가 눈앞에 나타나지 않았더라면 분녀는 어떻게 일신을 정리하였을까.

요술과도 같이 뜻밖에 상구가 찾아왔다. 들어간 지 거의 달포만이다. 얼굴은 부숭부숭 부었으나 어느 틈엔지 머리까지 깎은 후라 일신은 단정하다. 짜장 반가운 판에 분녀는 조금 수다스럽게 소리를 걸었다.

"고생했구나."

"맞았다! 동무들이 가엾다."

상구는 전과는 사람이 변한 것같이 속도 열리고 말도 걱실걱실 잘 받는 것이 분녀에게는 알 수 없이 반갑다.

"몸이 부은 것 같구나. 거북하지 않으냐?"

"넌 내 생각 안 했니?"

다짜고짜로 몸을 끌어당긴다. 분녀는 굳이 몸을 빼지 않았다.

"이번같이 그리운 때 없다."

"별안간 싼들한 것 같구나."

핑계 겸 일어서서 분녀는 방문을 닫았다.

상구에 대한 지금까지의 불만도 뉘우침도 다 잊어버리고 상구가 하는 대로 몸을 맡겼다. 누구보다도 지금에는 상구가 가장 그리운 것이다. 지난날도 앞날도 없고 불붙는 몸에는 지금이 있을뿐이다. 상구의 입술이 꽃같이 곱다.

다음 날 관사에 나갔을 때에 분녀는 천연스러운 양주의 얼굴을 속으로 우습게 여기는 한편 천연스러운 자신의 꼴을 한층 더 사특하게 여겼다.

그날 밤도 상구가 오기는 왔으나 간밤같이 기쁜 낯으로가 아니었다. 밤늦게 오면서도 그는 전과 같이 노여운 태도였다. 퉁명스러운 목소리였다.

"너를 잘못 알았다."

발을 구르며,

"네까짓 것한테 첫 몸을 준 것이 아까워."

이어,

"짐승 같은 것, 너를 또 찾은 내가 잘못이었지. 그렇게까지 된줄이야 알았니."

기어코 볼을 갈긴다.

"소문 다 들었다."

"……."

"굳이 일일이 이름 들 것도 없겠지. 어떻든 난 쉬 떠나겠다."

7

상구는 말대로 가버렸다. 차라리 실컷 얻어나 맞았더라면 시원할 것을 더 말도 못 들어보고 이튿날로 사라졌으니 하릴없다. 서울일까. 사람이란 눈앞에만 안 보이게 되면 왜 이리도 그리운가.

그러나 상구의 실종보다도 더 큰 변이 생기고야 말았다. 마을 갔던 어머니는 화급한 성질에 펄펄 뛰어들더니 손에 몽둥이를 집어 들었다.

"분녀야, 정말이냐?"

분녀에게는 곡절이 번개같이 짐작되었다. 금시에 몸이 솟는것 같더니 넋 없는 몸뚱이가 허공을 나는 것 같다.

"허구한 곳 다 두고 하필 종가에 가서 이 끔찍한 소문을 듣다니 무슨 망신이냐."

올 때가 왔구나 느끼며 숨을 죽였다.

"일일이 대봐라, 행실머릴, 이 자리에서."

첫 매가 내렸다.

"만갑이, 천수, 또 누구냐, 대라. 치가 떨려 견딜 수 있나. 몸치장이 수상하더니 기어코 이 꼴이야."

물매가 내리기 시작하였다. 분녀는 소같이 잠자코만 있다가 견딜 수 없어서 매를 쥔 팔을 붙들었다. 어머니는 더욱 노여워할 뿐이다.

"이 고장에 살 수 없다. 차라리 죽어라."

모진 매에 등줄기가 주저내리는 것 같다. 종아리에서는 피가 튄다. 분녀는 하는 수 없이 매를 벗어나서 집을 뛰어나왔다. 목소리는 나지 않고 눈물만이 바짓바짓 솟는다.

바다에라도 빠질까. 목이라도 맬까. 성문을 나서 환장할 듯한 심사에 정신없이 벌판을 달렸다. 큰길을 닫기도 부끄러워 옆길로 들었다. 허전거리다가 밭두덕에 쓰러졌다. 굳이 다시 일어날 맥도 없이 그 자리에 코를 박고 밤 되기를 기다렸다. 바다에까지 나가기도 귀찮아 풀포기에 쓰러진 채 밤을 새웠다.

다음 날도 집에 들어가지 않고 그렇다고 갈 곳도 없어 사람 눈에 안 띄게 종일이나 벌판을 헤매다가 밭 속 초막 안에서 잤다. 그런 지 나흘 만에 벌판으로 찾아 헤매는 식구의 눈에 띄어 하는수 없이 집으로 끌려갔다. 어머니는 때리는 대신에 눈물을 흘렸다.

큰일이나 치르고 난 것 같다. 몸도 가다듬고 마음도 죄어졌다. 딴 사람으로라도 태어난 것 같다. 관사에서 떨어진 후로는 들에 나가 밭일을 거들었다. 거리를 모르게 되고 밭과 친하였다.

여름이 짙어지자 벌써 가을 기색이었다. 들에는 곡식 냄새에 섞여 들깨 향기가 넘쳤다. 들깨 향기는 그윽한 먼 생각을 가져온다.

분녀는 날마다 들깨 향기에 젖어서 집에 돌아왔다. 그런 하룻날 돌연히 낯선 청년이 찾아왔다.

"날 모르겠어?"

아무리 뜯어보아도 알 듯 알 듯하면서 생각이 미처 들지 않는다.

"명준이야."

듣고 보니 틀림없다. 반갑다. 삼 년 만인가.

"만주 갔다 오는 길야. 나도 변했지만 분녀도 무던히는 달라졌군."

"금광은 찾았누?"

"금광 대신에 사람 놈이나 때려죽였지."

명준은 빙그레 웃는다. 고생을 하였으련만 그다지 축나지도 않았다. 도리어 몸이 얼마간 인 것 같다.

"고향은 그저 그 모양이군."

분녀는 변화 많은 그의 일신 위에 말이 뻗칠까 봐 날쌔게 말꼬리를 돌렸다.

"어떻게 할 작정인구?"

"밭뙈기나 얻어 갈아볼까. 수틀리면 또 내빼구."

말투가 허황하면서도 듬직하다. 생각하면 명준은 첫 사람이었다. 귀찮은 금덩이를 가져오지 않은 것이 차라리 개운하다. 허락만 한다면

그와 나 마음잡고 평생을 같이하여볼까 하고
분녀는 생각하여보았다.

해바라기

1

 언제인가 싸우고 그날 밤 조용한 좌석에서 음악을 듣게 되었을 때 즉시 싸움을 뉘우치고 녀석을 도리어 측은히 여긴 적이 있었다. 나날의 생활의 불행은 센티멘털리즘의 결핍에서 오는 것이 아닐까. 사회의 공기라는 것이 깔깔하고 사박스러워서 교만한 마음에 계책만을 감추고들 있다. 직원실의 풍습으로만 하더라도 그런 상스러울 데는 없는 것이 모두가 꼬불꼬불한 옹생원이어서 두꺼운 껍질 속에 움츠러들어서는 부질없이 방패만은 추켜든다. 각각 한 줌의 센티멘털리즘을 잃지 않는다면 적어도 이 거칠고 야만스러운 기풍은 얼마간 조화되지 않을까—아닌 곳에서 나는 센티멘털리즘의 필요라는 것을 생각하면서 모처럼의 일요일도 답답한 것이 되기 시작했다. 확실히 마음 한 귀퉁이로는 지난날의 녀석과의 싸움을 되풀이하고 있었다. 싸움같이 결말이 늦은 것은 없다. 오래도록 흉측한 인상이 마음속에 남아서 불쾌한 생각을 가져오곤 한다. 즉 싸움의 결말은 그 당장에서 나는 것이 아니라 오래도록 마음속에서 얼마든지 계속되는 것이다. 창밖에 만발한 화초 포기를 철망 너머로 내다보면서 음악을 들을 때와도 마찬가지로 나는 녀석을 한편 측은히 여겨도 보았다. 별안간 운해가 찾아온 것은 바로 그런 때였다.

제 궁리에 잠겨 있던 판에 다따가 먼 곳에서 찾아온 동무의 자태는 퍽도 신선한 인상을 주었다. 몇 해 만이건만 주름살 하나 없는 팽팽한 얼굴에 여전히 시원스러운 낙천가의 모습 그대로였다.

"싸움의 기억에 잠겨 있는 판에 하필 자네가 찾아올 법이 있나."

"싸움두 무던히는 좋아하는 모양이지."

"욕을 받구까지야 가만있겠나."

"싸웠으면 싸웠지 기억은 뭔가. 자넨 아직두 그 생각하구 망설이는 타입을 벗어나지 못한 모양이야. 몇 세기 전의 퇴물림을. 개운치두 못하게 원."

"핀잔만 주지 말구—센티멘털리즘의 필요라는 건 어떤가?"

"센티멘털리즘으로 타협하잔 말인가, 싸우면 싸웠지 타협은 왜. 싸움이란 결코 눈앞에서 화다닥 끝나는 게 아니구 길구 세월 없는 것인데 오랜 후의 결말을 기다리는 법이지 타협은 왜—."

"자네 낙관주의의 설명인가."

"낙관주의 아니면 지금 이 당장에 무엇이 있겠나. 방구석에 엎드려 울구불구만 있겠나."

운해는 더운 판에 저고리를 벗고 부채를 야단스럽게 쓰기 시작했다.

"내 낙관주의의 설명을 구체적으로 함세— 봄부터 어떤 산업회사에 들어가 월급 육십 원으로 잡지 편집을 해주고 있네. 틈을 타서 영화회사 촬영대를 따라 내려온 것은 촬영 각본을 써주었던 까닭—."

간밤에 일행들과 여관에 들었다가 아침에 일찍이 찾아온 것은 묵은 회포를 이야기할 겸 내게 야외 촬영의 참관을 권하자는 뜻이었다. 물론 이런 표면의 사정이 반드시 그의 낙관주의의 설명은 아닌 것이요, 그것을 터놓고 이야기하는 그의 태도가 낙관적일 뿐이다. 그의 처지를 설명하는 어조에는 오히려 일종의 그 스스로를 비웃는 표정조차 있었던 것이요, 그런 그의 태도 속에 나는 낙관의 노력의 자취를 역력히 보는 듯했다. 과거에 있어서도 문학의 세상과 인연이 없는 것은 아니어서 열정의 나머지를 기울여 평론도 쓰고 문학론도 해오던 그였다. 영화에 손을 댄 것도 결국은 막힌 심정의 한 개 구멍을 거기서 찾자는 셈이라고 짐작하면 그만이다.

그가 쓴 각본 〈부서진 인형〉 속에 남녀 주인공이 강에서 배를 타다가 물속에 빠지는 장면이 있다는 것이다. 그 장면의 촬영을 보러 가자고 운해는 식모가 날라온 차를 마시고 나더니 나를 재촉한다. 물에 빠진 가엾은 남녀의 꼴을 보기보다도 내게는 나로서 강에 나갈 이유가 있기는 있었다.

"올부터 모래찜을 시작했네. 어떤 때엔 매생이를 세내서 고기두 더러 낚아보구. 일요일마다 강에 안 나가는 줄 아나. 오늘은 망설이든 판에 뜻밖에 이렇게 자네에게 끌리게 됐을 뿐이지."

"됐어, 모래찜과 낚시질과."

운해는 무릎을 칠 듯이 소리를 높였다.

"강태공의 곧은 낚시를 물에 드리우는 그 일 밖엔 우리에게 오늘 무엇이 남았나. 금방 세상이 두 동강으로나 나는 듯 법석을 하구 비판을 할 것은 없어. 사람 있는 눈치만 나면 언제까지든지 웅크리고 엎드리는 두꺼비를 본 적이 있나. 필요한 건 다른 게 아니라 그 두꺼비의 재주라네."

듣고 보니 늘성하고 일어서는 그의 자태가 그대로 두꺼비의 형용이었다. 오공이 같은 체격이며 몽종한 표정이 바로 두꺼비의 인상임을 나는 신기한 발견이나 한 것처럼 바라보았다. 옷을 갈아입고 같이 집을 나섰을 때 나는 더욱 그를 주의해 바라보며 짜장 두꺼비를 느끼기 시작했다.

운해가 동무들과 함께 전주를 다녀온 것이 오 년 전이었다. 그가 막 전주서 올라왔을 때의 인상—그것이 내가 이 몇 해 동안 그에게서 받은 인상 중에서 가장 선명한 한 폭이기는 하나 그러나 그때의 인상이 반드시 전주로 가기 전의 파들파들한 열정시대의 그것보다 초라한 것은 아니었으며 오늘의 그의 인상이 또한 과히 그때에 떨어지는 것도 아니다. 생각건대 이 두꺼비의 인상을 그는 열정시대부터 벌써 육체와 마음속에 준비해가지고 오늘에 미친 것인 듯도 하다. 물론 다만 소질의 문제만이 아니요, 노력의 결과 ……(중략)…… 없는 오늘 그가 그의 유의 철학을 마음속에 세우게 되었음으로 인해서 짜장 두꺼비의 형용을 가지게 된 것으로서 설명할 수 있을 듯하다.

"석재 소식 자주 듣나."

거리에 나섰을 때 운해는 역시 같은 한 사람의 서울 동무의 이야기를 꺼냈다. 전주시대부터 운해와 걸음을 같이한 나와보다도 물론 그와 더 절친한 사이에 있는 석재였다.

"녀석두 체질로나 기질로나 나와는 달라서 꼬물거리는 성질이거든. 요새 죽을 지경이지."

"두꺼비 되긴 어려운 모양인가."

"직업두 웬만한 건 다 싫다구 집에서 번둥번둥 놀구만 있으려니깐 하루는 부에서 나와서 방어 단원으로 편입해버리지 않았겠나. 공교로운 일도 있지. 등화관제 연습날 밤 불 꺼진 거리를 더듬고 걸으려면 방어 단원들이 여기저기서 소리를 치면서 포도를 걸으라고 경계가 심하지 않은가. 나두 거리 복판을 걷다가 한 사람에게 호되게 꾸중을 받고 포도 위로 올라섰을 때 가로수 곁에 웅크리고 선 것이 누구였겠나. 어렴풋한 속에서도 그렇듯이 짐작되는 국방색 단원복과 모자를 쓴 것이 석재임을 알았을 때 얼마나 놀랐겠나. 자네에게 보이고 싶은 광경이었네. 이튿날 벼락같이 찾아와서 하는 말이 단원복을 맨드는 데 십오 원이 먹혔는데 그 십오 원을 맨들기 위해서 다따가 하는 수 없어 츨츨한 책을 뽑아가지구 고물 서점을 찾았다나―."

 운해는 껄껄 웃었으나 석재의 자태가 너무도 선명하게 눈앞에 떠오르는 바람에 목이 눌리우는 것 같아서 나는 웃으려야 웃음이 나오지 않았다.

 "정직한 대신 사람이 외통곬이래서 마음의 괴롬이 한층 더하거든."

 "나두 집에 두꺼비나 길러볼까."

 농이 아니라 사실 내게는 운해의 탄력 있고 활달한 심지와 태도가 부러운 것이었다.

 배로 강을 건너 반월도에 이르렀다.

 강 위에는 수없이 배가 떴고 언덕과 섬에는 사람들이 들끓었다. 강 건너편에 운해의 일행인 촬영대의 일동이 오물오물 몰켜있는 것이 보였으나 운해는 굳이 참견하러 갈 필요를 느끼지 않는 모양이었다.

 섬의 풍경은 해방적이어서 사람들이 뒤를 이어 꼬여들건만 수영복을 입은 사람이 드물었다. 몸에 수건 하나 걸치는 법 없이 발가숭이 채로 강에 뛰어들었다가는 기슭에 나와 모래 속에 몸을 묻고들 했다. 거개가 장골들이었다.

"저것두 내 부러운 것의 한 가지."

운해는 내 시선의 방향을 더듬으면서 이쪽 저쪽에 지천으로 진열된 육체의 군상을 바라보았다.

"결국 저 사람들이 가장 잘 사는 사람들일는지두 모르네. 곰상거리는 법 없이 날마다 고깃근이나 구워 먹구 모래찜을 하는 동안에 신경이 장작같이 무즈러지거든."

그러나 굳이 모르는 그 사람들을 탄복할 것 없이 나는 운해 자신이 옷을 벗고 수영복을 갈아입었을 때 그의 장한 육체에 솔직하게 놀라지 않을 수 없었다. 목덜미가 떡메같이 굵고 배꼽은 한치가량이나 깊은 듯하다. 그 어느 한구석 빈 데가 없이 옷을 입었을 때의 인상보다도 몇 곱절 충실하다.

"훌륭한걸!"

내 눈 안에 꽉 차는 그의 육체를 나는 그 무슨 탐탁한 물건같이도 아름답게 보았다.

"몇 관이나 되나?"

"십팔 관이 넘으리. 저울에 오를 때마다 느니까."

"훌륭해. 그 육체 외에 더 바랄 것이 무엇이겠나. 자네 낙관주의라는 것두 결국은 그 육체에서 시작된 것인가 부네."

"육체가 먼전지 정신이 먼전진 모르나 요새 부쩍 몸이 늘기 시작한단 말야. 그렇다구 저 사람들같이 고기를 흔히 먹는 것두 아니네만 월급 육십 원으로야 고긴들 마음대루 먹겠나. 결혼두 아직 못하구 있는 처지에—."

결혼이란 말이 다따가 내게는 또 한 가지 신선한 인상을 가지고 들려왔다. 운해는 내 표정을 살피는 눈치더니 좀 더 자세한 이야기가 있는 듯 자리를 내려서며 걷기 시작한다.

"실상은 오늘 자네에게 들리려고 한 중요한 이야기가 그 결혼의 일건이구, 오늘 이 당장에 자네에게 그 약혼자까지 선뵈려는 것이네."

하면서 운해는 섬 위를 이쪽저쪽 살피는 눈치나 아직 그 약혼자가 나타나지는 않은 모양이었다. 금시초문의 그의 사정 이야기에 나는 정색하면서 그의 곁을 따라 걸었다.

"평생 독신으로 지낼 수도 없겠구 결혼하는 편이 역시 합리적이라구 생각한 까닭인데, 아무래두 집 한 채는 장만해야 할 테니 삼천 원은 들 터—자네두 알다시피 내게 돈 삼천 원이 있을 리 있나. 규수는 바로 이곳 사람으로 현재 여학교에 봉직하고 있는 중이지만 결혼하면 서울로 데려가야 할 터. 이것이 한 가지의 곤란이구 당초에 동무의 소개로 알게 된 것이나 워낙 거리가 떨어져 있는 까닭에 연애니 뭐니 하는 감정적 과정이 아직 생기지두 못한 채 타성으로 질질 끌어 오늘에 이른 것인데 자네두 알다시

피 내게 미묘하고 세밀한 연애의 감정이니 하는 것이 있을 리가 없구 무엇보다두 그런 쓸데없는 감정의 낭비를 극도로 경멸하는 내가 아닌가. 그런 까닭에 지금까지 약혼의 사이라는 형식으로 오기는 했으나 실상인즉 그를 아직두 완전히 모르고 또 이해도 못하고 있다는 것이네. 연애니 뭐니 하구 경멸은 했으나 이런 어리석을 데가 있겠나. 지금 와서 결혼이 촉박하게 되니 비로소 불찰이 느껴지면서 마음이 황당해간단 말이네. 결말이 짜장 어떻게 되는지 해서 마음이 설레고 불안해간단 말야. 오늘두 사실은 자네와 한데 어울려 시스럽지 않은 분위기 속에서 그의 마음을 가늠도 보구 불안한 공기를 부드럽혀두 볼까 한 것이네. 자네에겐 폐가 될는지두 모르나 친한 사이에 허물할 것두 없을 법해서."

    듣고 보니 그가 나를 찾았던 이유의 속의 속뜻도 비로소 알려지고 그의 연애라는 것도 과연 그다운 성질의 유유한 것임을 느끼면서 나는 마음속에 생각하는 바가 많았다.

"낙관주의자두 연애에 들어선 초년병이네그려."

"너무 낙관했기 때문에 이제 와 이렇게 설레게 된 것인지두 모르지. 그러구 한 가지의 불안은―."

말을 끊더니 먼 하늘을 보며 빙그레 미소를 띠었다.

"―그가 너무도 미인이라는 것이네."

"흠, 행복자야!"

"오거든 보게만 평양서두 이름이 높다네. 약혼자가 미인인 까닭에 느끼는 불안―자네 읽은 소설 속에 그런 경우 더러 없었나."

"연애에 성공하기를 비네."

모래 위를 두어 고패나 곱돌아 물가를 오르내리는 동안에 짜장 그의 약혼자가 나타났다. 멀리 보트를 저어 오는 것을 운해가 눈 빠르게 발견하고 내게 띄워주었다. 배는 사람이 드문 물가를 찾아서 한 귀퉁이에 대었다. 운해가 쫓아가 그를 부축해서 내려주고는 한참 동안이나 서서 이야기가 잦더니 이리로 걸어오는 것이었다. 아닌 게 아니라 나는 별안간 눈이 번쩍 뜨이는 '이름 높은 미인'을 보고 인사하는 말조차 어색해졌다. 짙은 옥색 적삼 위에서 그의 눈과 코는 아로새긴 것같이 또렷하고 선명하다. 상스러운 섬의 풍속 속에서 그를 보기가 외람한 듯한 그런 뛰어난 용모였다.

"운해 군에게서 말씀 들었습니다만 쉬이 경사를 보신다구요."

나로서는 용기를 다해서 한 말이었으나 그에게는 그닷한 영향도 안 준 듯

"글쎄요."

하고 고개를 약간 숙였을 뿐이었다.

글쎄요—이 말의 뜻을 생각하면서 두 사람의 모양을 바라볼 때 나는 그 속에 낀 내 존재의

무의미한 역할을 깨닫기 시작했다. 운해의 부탁으로는 나도 한몫 끼어 시스럽지 않은 분위기를 만들고 불안한 공기를 부드럽혀달라는 것이었으나, 두 사람의 모양을 바라볼 때 그것이 도저히 내 역할이 아님과 남의 연애 속에 들어가 잔말질을 함이 얼마나 쑥스러운 짓인가를 즉시 느끼게 되었다. 무엇보다도 그 약혼자가 결코 범상한 여자가 아님을 안 것이요, 그가 뿌리는 찬란한 색채와 자극이 너무도 큰 까닭에 그의 옆에 주책없이 머물러 있기가 말할 수 없이 겸연쩍던 것이다.

"잠깐 물에 잠겼다 올 테니 얘기들 하구 계시죠."

운해가 빌듯이 붙드는 것이었으나 굳이 그 자리를 사양하고 물가로 나갔다. 걸으면서도 머릿속에 새겨진 두 사람의 인상의 대조가 너무도 선명하게 마음을 괴롭혔다. 두꺼비와 공작— 별수 없이 이것이다. 운해가 잘 아는 어색한 공기라는 것이 결국은 이 너무도 큰 대조에서 오는 것이요, 두 사람 사이의 비극—만약 그런 것이 온다고 하면—은 참으로 약혼자의 너무도 뛰어난 용모에서 시작된 것이라고밖에는 생각할 수 없다. 내가 그렇듯 탄복한 십팔 관을 넘으리라는 탐탁하고 훌륭하던 운해의 육체건만 약혼자의 맑은 자태와 비길 때 그렇게도 떨어지고 손색 있어 보임이 웬일인지를 알 수 없었다. 기울어진 대조에서 오는 불길한 암시를 떨어버리려는 듯 나는 물속에 텀벙 잠겨 깊은 곳으로 헤엄치기 시작했다. 모래언덕에 앉은 두 사람의 자태가 차차 멀어지는 것을 곁눈질하면서 자꾸만 헤엄쳐 들어갔다.

　밤거리에서 단둘이 술상을 마주 대했을 때 운해는 낮에 섬에서의 내 행동을 책하며 결국 단둘이 앉았어도 별 깊은 이야기를 못했다는 것을 고백하고 눈치가 어떻더냐고 도리어 내게 자기들의 판단을 맡기는 것이었다.

"글쎄."

나는 얼뻥뻥해서 이렇게 적당하게 대답해두는 수밖에는 없었으나 대답하고 나서 문득 그 한마디가 바로 그의 약혼자가 섬에서 내게 대답한 같은 한마디였음을 깨닫고 놀라지 않을 수 없었다. 시대에 민첩한 낙관주의자도 연애에는 둔하고 불행한 것인가 하고 마음속으로 동무를 가엾게도 여겨보았다.

"막차로 일행들보다 먼저 떠나겠으나 자네 알다시피 이런 형편이니까 틈 있는 족족 내려는 오겠네. 즉 자네와 만날 기회두 많다는 것이네."

"부디 연애에 성공하구 속히 결혼하도록 하게."

축배인 양 나는 술잔을 높이 들어 그에게 권했다.

2

두어 주일 후였다. 일요일 오후는 되어서 운해는 두 번째 나를 찾았다. 내가 그때까지 집에 머물러 있었던 것은 그의 방문을 예측하고 있었던 까닭이요, 그의 찾아온 목적까지도 짐작하고 있었던 것이다. 영화 각본의 책임자로 촬영대 일행과 온 것도 아니요, 그렇다고 약혼자와의 결혼 때문에 온 것도 아니었다. 결혼—은커녕 가엾게도 그와 반대의 목적으로 온 것이다. 끝난 연애—놓쳐버린 연애의 뒷소식을 알리러 온 것임을 나는 안다.

"자넨 무서운 사람이네. 자네 신경 앞에는 모든 것이 발각되구 마는 것을 이제야 겨우 깨달았네. 그러면은 그렇다구 그때에 왜 그런 눈치 못 뵈어주었나. 솔직하게 일러만 주었던들 다른 방책이 있었을 것을."

두꺼비같이 털썩 주저앉더니 운해는 원망하듯 늘어놓는다.

"나두 민망해서 못 견디겠네만 그나 일이

그렇게 대담하게 될 줄이야 뉘 알었겠나."

"내가 비록 호인이기로 그렇게까지 눈치를 몰랐을까. 아침에 그 집에 갔더니 되려 반가워하면서 내게 곡절을 물으려고 드는 것을 보니 집안 사람들두 까딱 모르고 지냈나부데."

"대담한 계획이야."

"영원의 여성, 나를 인도해 가—지는 못할지언정 나를 버리고 가다니 무서운 세상이다."

주의해 보니 운해는 벌써 술잔이나 기울이고 온 모양이었다. 슬픈 표정이라기보다는 울적한 낯에 거나한 기운이 돌고 있었다. 그의 그런 심정을 나는 이해할 수 있으며 그에게서 듣지 않아도 그의 사정을 거리의 소문으로 이미 잘 알고 있었던 것이다.

약혼자가 며칠 전에 달아난 것이다. 교직을 버리고, 성악을 공부한다는 사람의 뒤를 따라서 동경으로 건너갔다는 것이다. 거리에는 크게 소문이 나고 구석구석에서 이야깃거리가 되었다. 공작같이 찬란하던 그의 용모의 값을 한 셈이다. 소식을 들은 순간 나는 섬에서 느낀 예감이 적중한 것을 느끼고 한참 동안 가슴이 설렘을 어쩌는 수 없었다. 운해를 위해서는 그지없이 섭섭한 일이기는 하나 엄숙한 사실 앞에는 하는 수 없는 노릇이다. 운해와의 약혼을 표면으로 내세우고 그 그늘에서 참으로 즐기는 사내와 만나고 있었던 것이 짐작되며, 섬에서의 그의 표정과 말투 속에 벌써 그것이 암시되어 있지 않았던가. 운해는 그것을 모르고 일률로 결혼의 길만을 생각하고 있었던 셈이다.

"내 사랑 끝났도다."

노랫조로 부르는 운해의 목소리는 그러나 반드시 비장한 것은 아니었다. 오장육부를 찌르고 뼈를 긁어내고—응당 그런 심경이어야 할 것이지만 운해의 경우는 반드시 그런 것이 아니고 그 어디인지 넉넉하고 심드렁한 태도조차 보였다.

"그러나 내 마음 편하도다."

사랑이 끝났으므로 참으로 그의 마음은 편한 듯도 보였다. 결국 연애도 그에게 있어서는 생활의 전부가 아닌 것일까. 그의 모든 생활의 다른 경우와 같이 간단하고 유유하게 정리할 수 있는 것일까—나는 그의 모양을 새삼스럽게 찬찬히 바라보았다.

밖에서 만찬을 같이하려고 함께 집을 나오자마자 운해는 다시 걸음을 돌리면서 나를 집으로 끌어들였다. 불란서어나 독일어 책을 빌려 달라는 것이다.

"어학이나 시작하면 생활에 풀이 좀 날까 해서."

"기특하구 장한 생각이야."

나는 초보적인 독일어 책 몇 권을 뽑아가지고 나와서 그에게 전했다.

"이히 바이스 니히트 바스 솔 에스 베도이텐 다스 이히 소우 틀라우우리히 빈!"

큰 거리에 나왔을 때 운해는 문득 언제 기억해두었던 것인지 하이네의 시인 듯한 한 구절을 외이는 것이었으나 노래의 뜻같이 반드시 슬픈 것이 아니요, 그의 어조는 차라리 한시라도 읊는듯 낭랑한 것이었다. 흥에 겨워 몇 번이고 거듭 외이었다.

"이히 바이스 니히트 바스 솔 에스 베도이텐 다아스 이히 소우 틀라우리히 빈!"

술이 고주가 된 위에 밤이 깊은 까닭에 이튿날 아침에 떠나보낼 생각으로 나는 운해를 집으로 끌고 왔다.

나란히 자리를 펴고 누웠으나 담배를 여러 개째 갈아 물어도 좀체 잠이 오지 않았다. 고요하기에 그는 이미 잠이 들었으려니하고 운해 편을 바라보았을 때 감긴 눈 속으로 한 줄기 눈물이 흘러 귓방울을 적시고 있는 것이다. 나는 가슴이 뭉클해지면서 얼굴을 반듯이 돌리고 말았다.

"자네 감상주의를 비웃었으나 오늘밤은 내 차례네."

눈을 감은 채 목소리가 부드럽다.

"보배를—약혼자 말이네—내 얼마나 사랑했는지 아무두 모르리. 끔찍이두 사랑하기 때문에 어쩔 줄을 모르다가 결국 그를 놓치구야 말았네. 다른 그 누구와 결혼하게 되든지 간에 평생 그를 잊을 수는 없을 듯해."

"아직두 여자 생각하구 있었나. 술 취하면 눈물 나는 법이니."

농으로는 받았으나 그의 심중을 모르는 바는 아니었다.

"지금의 이 심중을 한 마디로 표현할 수 없을까. 꼭 한 마디로, 자네 좀 생각해보게."

나는 궁싯거리면서 생각하려고 애썼다. 그의 슬픈 심경의 적절한 표현이라는 것을 찾으려고 무한히 애를 쓰면서 시간을 보내나 종시 그것이 떠오르지는 않는 것이다. 밤이 얼마나 깊었을까. 그러나 나는 그런 헛수고를 할 필요는 도무지 없었던 것이다. 애쓰는 나를 버려두고 운해는 혼자 어느 결엔지 잠이 들어 있었으니까. 눈물은 꿈에도 흘린 법 없듯 코 고는 소리가 점점 높게 방 안에 울렸다.

3

다음 일요일, 나는 운해의 세 번째의 자태에 접하게 되었다.

일주일 전과는 퍽도 다른, 아니 그 어느 때보다도 달라서 씻은듯이 신선한 인상으로 나타났다. 쉴 새 없이 발전해가는 유기체라고 할까. 나는 사실 그의 번번의 자태에 눈을 굴리는 것이나 그날의 인상이란 그 어느 때보다도 신선하고 당돌해서—참으로 나는 놀라는 수밖에는 없었다.

그의 대담하고 거뿐한 차림차림부터가 내

눈을 끌기에 족했다. 그런 차림으로 기차를 타고 거리를 지나온 것일까. 마치 소년 선수같이 신선한 자태가 아닌가. 넥타이 없는 셔츠 바람에 무릎 위로 달롱 오르는 잠방이를 입고 긴 양말에 등산 구두, 둥근 모자에 걸빵을 진—별것 아니다. 한 사람의 등산객의 차림인 것이나 그것이 다른 사람 아닌 바로 운해 군의 차림이기 때문에 물론 나는 신기하게 본 것이다. 손에 든 것도 자세히 보니 늘 짚는 단장이 아니고 피켈인 모양이었다.

"자넨 번번이 나를 놀래려구만 나타나나. 이 담엔 대체 또 어떤 꼴로 찾아올 작정인가."

"필요에 따라서야 무슨 옷인들 못 입겠나. 자네가 무례하다구 생각해주지 않는 것만 다행이네."

"필요라니, 등산이 자네 목적 같은데 등산하러 평양까지 왔단 말인가?"

"등산은 등산이래두 뜻이 달러. 자네, 들으

면 또 놀라리."

"그 륙색인지 한 것 속에는 무엇이 들었나?"

걸빵을 내리더니 부스럭부스럭 봉투에 든 것을 집어냈다.

"놀라지 말게—광산으로 가는 길이네."

"광산!"

"중석 광산을 발견했어."

"미친 소리."

"자넨 눈앞에 보물을 두구두 방구석에서만 꼼질꼼질 대체 하는 것이 무엔가. 성천 있는 동무가 하루는 산에 나갔다가 이상한 돌을 주워서 곧 내게로 보내지 않았겠나. 나두 그런 덴 눈이 좀 밝거든, 식산국 선광 연구소와 그 외 사사로운 광무소 몇 군데를 찾아서 감정을 해보니 아니나 다를까 중석이라는 거네. 함유량두 상당해서 육십 퍼센트는 된다지. 부랴부랴 광산과 조사실에서 대장을 열람했더니 아직두 출원하지 않은 장소란 말이네. 그것을 안 것이 어제 낯, 실제로 한번 돌아보고 곧 올라가 출원할 작정으로 급작스레 밤차로 떠난 것이네. 형편에 따라서는 회사두 하루 이틀 쉴 생각이네."

봉투 속에서 나온 것은 몇 개의 까무잡잡한 돌멩이였다. 내 눈으로는 알 바도 없으나 납덩어리같이 윤택도 아무것도 없이 다만 은은하고 굳은 무게만을 가지고 있는 그것이 딴은 그 무슨 귀중한 뜻을 가지고 있으려니는 막연하나마 짐작되었다. 그의 흉내를 내서 나도 한 개를 집어 들고는 멋도 모르면서도 이모저모 살피기 시작했다.

"흰 것은 석영이네. 중석이란 원래 석영 맥에 붙어 있는 것이거든. 그 붙은 모양과 형식에도 여러 가지 구별이 있는 것이지만 어떻든 그 석영을 깨뜨리고래야 중석을 얻는 것이네."

운해의 설명도 내 귀에는 경 읽는 소리였다. 중석이란 명칭부터가 먼 세상의 암호로밖에는 생각되지 않았다.

"중석이란 대체 무엇하는 것인가?"

"자네 무지에는 놀라는 수밖엔 없어. 중석두 모르구 오늘 이 세상에 살아간단 말인가—텅스텐 말이네. 철물 중에서 가장 강하고 견고한 것이기 때문에 요새 군수품으로 쓰이게 된 것인데 시세가어느 정돈지 아나. 한 톤에 평균 칠천 원이라네. 육십 퍼센트의 함유량이래두 사천 원이 되는 것이구, 단 십 퍼센트래두 칠백 원은 생기거든. 중석광이라구 이름만 붙으면 시작해두 채산이 맞는다는 것이네. 그러게 조선에만도 출원하는 수가 전에는 일 년에 단 삼십 건이 못되던 것이 요새 와서는 하루에 평균 삼십 건을 넘는다네. 지금 특수광 지대로 충청북도와 금강산을 세나 평안 남북도의 지경 일대두 상당하구 성천 같은 곳도 장차 유망하지 않은가 생각하네."

"자네의 풍부한 식과 세밀한 조사에는 놀라는 수밖엔 없으나 성천이 유망하다면 자네 얼마 안 가 백만장자 되게."

그의 설명으로 나는 적지 않이 계몽이 되어 중석에 대한 일반 지식을 얻기는 했으나 어쩐 일인지 모든 것이 꿈속 일같이만 생각되었다.

"문제는―지금 가보려는 산 일대가 정말 중석광 지댄가 아닌가, 동무가 주운 이 돌이 왼처에서 굴러 온 것이나 아닌가, 중석 지대라면 얼마나 큰 범위의 것인가 하는 것인데, 전문가 아닌 내 눈으로 확실히야 알겠냐만 가보면 짐작은 되리라고 생각하네. 참으로 유명한 것이라면 자네 말마따나 백만장자 될 날두 멀지 않네."

"제발 백만장자나 돼주게. 동무 가운데 한 사람쯤 백만장자가 있다구 세상이 뒤집힐 리는 없으니."

"오늘은 바빠서 이렇게 한가하게 할 순 없어. 자네에게 한 가지 청은―."

운해는 주섬주섬 돌덩이를 봉투에 넣어서 룩색 속에 수습하고는 나를 재촉했다.

"오후 차까지 아직두 몇 시간이 있으니 자네 아는 광무소에 가서 자네 눈앞에서 한 번 더 감정시켜보겠네. 앞장을 서서 광무소까지 안내를 하게."

여가가 있었던 까닭에 쾌히 승낙하고 같이 집을 나섰다.

오전의 산들바람을 맞으며 피켈을 단장 삼아 내저으면서 걸어가는 운해의 자태는 일종의 독특한 매력을 가진 것이었다. 옷맵시가 오돌진 육체에 꼭 들어맞아서 평복을 입었을 때의 두꺼비의 인상과는 또 달라 한결 거뿐하고 츨츨한 것이었다. 걷어 올린 소매 아래에 알맞게 탄 두 팔이 뻗치고 다리 아래가 훤히 터져서 보기에도 시원스러웠다. 무엇보다도 그 등산의 차림이야말로 그에게는 가장 잘 맞고 어울리는 차림인 듯도 했다. 그 차림으로 휘파람이나 한 곡조 길게 뽑으면서 걷는다면 도회의 가로수 아래서의 오전의 풍경으로는 그에 미칠 것이 없을 듯했다.

　나는 친히 아는 사람의 광무소를 찾았다. 거기서 내가 다시 놀란 것은 젊은 주인의 즉석에서의 판단에 의해서 그것이 상당히 우수한 중석광이요, 함유량도 육십 퍼센트를 내리지는 않으리라는 확언을 얻은 것이다. 정확한 분석을 하려면 방아로 돌멩이를 찧고 가르고 해서 하루가 걸린다기에 그것을 후일로 부탁하고는 우선 그곳을 나왔으나 그 대략의 판단만으로도 그 자리에서는 족했고 나는 짜장 신기한 생각을 금할 수 없었던 것이다. 차 시간을 앞두고 식당에 들어갔을 때 또 한 번 그를 따져보았다.

　"자네 정말 출원할 작정인가?"

　"오만분지 일 지도 다섯 장과 출원료 백 원 벼락같이 구해놓고 내려왔네."

　더 묻지 말라는 듯이 큰소리였다.

　"…… 뭘 그리 또 꼼질꼼질 생각하나. 군수 공업으로 쓰인다니까 번민하는 모양인가. 아무

걸루 쓰이든 광석은 광석으로서의 일을 하는 것이네. 그렇게 인색하고 협착한 것은 아니니 걱정할건 없어."

"…… 이왕이면 석재두 한몫 넣어주지."

"암 출원하게 되면 녀석 한몫 안 끼이게 될 줄 아나. 그렇지 않아두 일이 없어 번둥번둥하는 판인데 일만 되면 같이 산에 들어가 어련히 일 보게 안 될까. 녀석뿐이겠나. 짜장 성공하게 되면 자네게두 응당 한몫 노나 주겠네. 자네 일생의 원인 극장두 지을테구, 촬영소두 꾸밀 테구, 문인촌두 세울 테구, 문학상 제도두 맨들 테구……."

"잡기 전부터 먹을 생각만."

"기적이라는 것이 있을려면 있게 되는 법이네."

"어서 남의 계획만 장하게 하지 말구 자네 월급 육십 원 모면할 도리나 생각하게—육십 원이 화 돼서 결혼두 못하게 되지 않았나."

말하고 나서 나는 번개같이 뉘우쳤다. 무심히 던진 말이지만 결혼이라는 구절이 그의 마음의 상처를 다시 스칠 것은 당연하지 않은가.

"쓸데없는 소리에 밥맛 없어진다."

그러나 운해로서는 사실 그것이 농이었음을 알고 나는 안심했다.

"결혼이구 보배구 벌써 그다음 날부터 잊어버리기루 했었네. 연애가 생활의 전부가 아닌 게구, 결혼 문제 같은 것두 일생일대의 중대사라고는 생각지 않네. 하려면야 앞으로도 얼마든지 기회가 있을 테구, 되려 한 번 실패가 새옹마의 득실루 더 큰 행복을 가져올는지 뉘 아나."

반드시 그가 거짓말을 하고 있다고는 생각지 않았으나 보배 개인에 대한 그의 특별한 심정을 묻지만 않는다면 대체로 그는 벌써 그 자신을 회복하고 바른 키를 잡은 것이 사실이었다.

"그까짓 연애가 다 무엔가. 속을 골골 앓구

눈물을 흘리구."

 사실 임박한 차 시간에 역에 나가 표를 사 가지고 폼에 들어갔을 때까지―그의 자태 속에서 지난날의 괴롬의 흔적이라고는 한 점도 찾아볼 수 없었다. 연애란 어느 나라 잠꼬대냐는 듯이 상쾌한 그의 모양에는 다만 앞을 보는 열정과 쉴 새 없이 그 무엇을 꾸며나가려는 진취적 기력만이 보일 뿐이었다. 잠시도 쉬는 법 없이 기차 시간표를 세밀히 조사하면서 쓸데없는 잡스러운 밖 세상의 물건은 하나도 그의 주의를 끌지 않는 눈치였다.

 차에 올라 창 옆에 자리를 잡은 그를 향해 나는 다시 한 번 축원의 말을 던졌다.

 "부디 성공하게. 갈 때 또 들르게."

 차가 움직이기 시작할 때 그는 모자를 벗어서 창밖으로 흔들어 보였다. 두루뭉수리 같은 그의 오돌진 머리가 그 무슨 굳센 혼의 덩어리 같이도 보여올 때 짜장 그는 광산으로 성공하게 되지 않을까 하는 찬란한 환상이 문득 가슴속을 스쳤다.

인간산문

1

 거리는 왜 이리도 어지러운가.
 거의 삼십 년 동안이나 걸어온 사람의 거리가 그렇게까지 어수선하게 눈에 어린 적은 없었다. 사람의 거리란 일종의 지옥 아닌 수라장이다.
 '신경을 실다발같이 헝클어놓자는 작정이지.'
 문오는 차라리 눈을 감고 싶었다. 눈을 감고 귀를 가리고 코를 막고 모든 감각을 조개같이 닫아버리면 어지러운 거리의 꼴은 오관 밖에 멀어지고 마음속에는 고요한 평화가 올 것 같다.

쓰레기통 속 같은 거리, 개천 속 같은 거리, 개신개신하는 게으른 주부가 채 치우지 못한 방 속과도 거리는 흡사하다. 먼지가 쌓이고 책권이 쓰러지고 휴지가 흐트러진 그런 어수선한 방 속이 거리다. 사람들은 모여서 거리를 꾸며놓고도 그것을 깨끗하게 치울 줄을 모르고 그 난잡한 속에서 그냥 그대로 어지럽게 살아간다. 깨지락 깨지락 치운다 하더라도 치우고는 또 늘어놓고 치우고는 늘어놓고 하여 마치 밑 빠진 독에 언제까지든지 헛물을 길어 붓듯이 영원히 그것을 되풀이하는 그 꼴이 바로 인간의 꼴이요, 생활의 모양이라고도 할까. 어지러운 거리, 쓰레기통 같은 거리.

별안간 덜컥 부딪치는 바람에 문오는 감았던 눈을 떴다. 얼마동안이나 눈을 감고 걸어왔던지 부딪친 것은 바로 집 모퉁이 쓰레기통이었다. 다리뼈가 쓰라리다.

빌어먹을 놈의 쓰레기통, 쓰레기통 같은 놈의 거리, 홧김에 발길로 통을 차고 걸음을 계속할 수밖에는 없었다. 멸시하는 쓰레기통 같은 거리를 그래도 걸어가야만 할 운명에 놓인 것 같다. 어수선한 거리의 꼴은 별수 없이 다시 신경을 어지럽히기 시작한다.

행길 바닥이란 왜 좀 더 곧고 고르지 못하고 삐뚤고 두툴두툴한가, 비스듬히 기울어진 가게의 간판은 차라리 떼어버리는 것이 시원한 것 같다. 움직이지 않는 낡은 수레를 길바닥에 버려둘 필요가 있을까. 바닷물 속에 장사 지내는 편이 옳지 마저마저 쓰러져가는 집, 사람의 신경을 대팻밥같이 꾸겨놓은 것은 이것이다. 쓰러져가는 집을 눈앞에 보아야 함은 사람의 가장 괴로운 의무일 것 같다. 숫제 발길로 차서 헐어버리는 것이 낫지. 사람이란 개신데기여서 원대한 계획도 없이 필요에 따라 그 자리에 흙을 묻고 기둥을 세우고 솥을 걸고 측간을 꾸민다. 사람의 심청머리 같이 고식적이요, 일시적이요, 당년치기인 것은 드물 것 같다. 대체 거리의 명예로운 시장은 무엇을 하고 있는 셈인가 쓰러져 가는 집은 버려두고 무엇을 꿈꾸고 있는가, 현명한 시장이라면 무엇보다도 먼저 거리의 집을 정리하여야 할 것이다. 한 사람의 시민의 이름에 값할 만한, 아니 인간의 위신에 부끄럽지 않을 만한 채의 집을 먼저 장만한 연후에 다스림을 베풀어야 할 것이다. 우리를 가진 사람들에게 떳떳한 백성으로서의 다스림이 아랑곳일까. 집, 집, 신경을 대팻밥같이 꾸겨놓는구나.

또 한 가지 젊은 사람의 더벅머리, 저것도 다시 생각해볼 필요가 있을 듯하다. 문학을 하든 철학을 하든 길게 자란 머리란 것은 보는 눈을 몹시 거슬리게 한다. 가위로 싹둑 잘라버리는 것이 생활 정리의 한 방법도 된다. 얽은 사람, 절름발이, 장님…… 이것은 시장에게 다져낼 수도 없고 누구에게 문책함이 옳을까. 얽은 얼굴은 대패로 곱게 밀어버리고 절름발이와 장님에게는 옛날의 기적을 베풀 수 있으면 얼마나 속 시원한 일일까. 배뚱뚱이 신사, 차라리 반으로 갈라 두 쪽의 사람을 만드는 편이 공평도 하려니와 개운도 할 성싶다. 나중에는 외양을 거쳐 심지어 여자들의 양말 속의 살결조차 걱정된다. 일시에 활짝 옷들을 벗겨본다면 과연 모두 상아같이 하얀 살결들을 가지고 있을까. 만약 총중의 한 사람이 불행히 불결한 몸을 드러내놓았을 때에 올 환멸은 얼마나 마음을 뒤집어놓을까……. 어지러운 거리. 어수선한 인생…….

문오의 머릿속은 날아난 벌떼를 잡아넣은 것과도 같이 웅성거리고 어지럽다. 몹시도 지저분한 거리의 산문이 전신의 신경을 한데 모아 짓이기고 난도질해놓는다. 혼란의 아름다움을 노래하고 난잡의 운치를 찬미하는 예술 같은 것은 악마에게나 먹혀라. 단조하고 운치는 없다 하더라도 차라리 가지런한 거리와 안정된 규칙과 정리된 생활이 있어야 할 것이다. 최후적 통일을 요구함은 사람의 본성이요, 생활을 정리하려 함은 영원한 과제였으나, 정리와 통일의 마지막 종점에 도달할 날은 영원히 없을 것 같다. 사람은 역사를 가진 지 수십 세기 동안을 탄생한 지 수만 년 동안을 두고 생활을 정리하여온 셈이나 오늘의 생활이 태곳적 카오스시대보다 대체 얼마나의 위대한 정리를 하여왔던가. 위대한 정리가 되어 있다면 오늘의 이 혼란과 불안과 괴롬은 대체 웬 것이며 무엇을 의미하는 것일까.

문오가 십 년 가까이 공부하여온 철학의 체계도 이 혼란의 해결의 열쇠는 주지 못하였다. 일종의 해결인 것같이 보이면서 기실 고금 많은 철학자가 제출한 수다한 문제는 전체적으로 보면 도리어 커다란 혼란을 줄 뿐이었다. 귀한 정리의 노력을 보였을 뿐이지 결과에 있어서는 정리와는 인연이 먼 역시 혼란이 있을 뿐이다. 결국 인간 사실은 사실대로 두고 그 표면을, 수박의 껍질 위에 핥으면서 뱅뱅 도는 격이 아닌가. 물론 철학이 행동을 규정하는 때도 있기는 하나 더 많이 행동이 먼저 있는 것이며 혹은 행동이 있을 때 동시에 철학을 생각하는 것 같다. 철학의 체계가 과거의 인간 사실을 정리하였을는지는 모르나 현재의 혼란은 일반이며 따라서 문오의 두뇌 속도 해결의 언덕과는 거리가 멀다.

    뇌수의 세포가 종이 위에 인쇄된 철학의 활자에 깜박 취할 때는 있으나 그 도취에서 깨어서 어지러운 생활의 거리를 바라볼 때 활자의 철학은 조각조각 흩어져 없어지고 눈에 어리는 것은 혼란이요, 신경을 난도질하는 것은 여전히 문란의 마귀이다. 철학으로 카오스를 건지려 한 것이 도리어 카오스의 바닷속에 밀려들어가 팔다리를 허우적거리는 격이 되었다고도 할까.

더욱이 요사이에 이르러 키르케고르니 체스토프니…… 머릿속을 범벅같이 휘저어놓을 뿐이다. 사람은 항상 생활을 새롭게 꾸며가는 적극성을 가졌다고는 하더라도 마지막의 완전한 정리를 바랄 수는 없을 것 같다. 영원한 정리를 원하나 오는 것은 영원한 부정리인 것이다. 경제생활이 완전한 해결을 볼 때 사람은 완전히 구제되고 인간 사실은 빈틈없이 정리될 수 있을까. 쓰러지지 않는 깨끗한 집이 서고 거지가 없어지고 어지럽던 거리가 한결 정리될 것은 사실이나 그러나 그런 거리의 생활의 조건의 영향을 받는다 하더라도 수십 세기 동안 묵어 내려온 사람의 심청이 일조일석에 칼로 벤 듯이 변할 수 있을까. 예를 들어 가령, '미례와 나의 연애는 대체 어떻게 될 것인가.'

미례와 문오의 연애는 결코 정당한, 정리된 것이 아니었다. 미례는 문오를 사랑하여서는 안 되고 미례를 사랑하여서는 안 된다. 미례는 문오 아닌 남편을 사랑하여야 할 처지에 있고 문오는 그 남편을 배반하지 못할 사정에 있음에도 불구하고 미례와 문오는 남편의 그림자 속에 숨어 금단의 과실을 즐기고 있는 것이다. 거리의 생활이 해결된다 하더라도 반드시 결정적인 한 사람과 한 사람 사이만의 정당하고 떳떳한 연애만이 있고 이런 어지럽고 까다로운 관계는 자취도 없이 사라지리라고는 추측하기 어렵다. 꼬이고 혼란된 마음의 실마리라는 것은 언제든지 있어서 칼로 혹을 도려내듯이 생활의 테두리에서 곱게 도려낼 수는 없을 것이다. 영원한 부정리. 끝없는 카오스!

위대한 정리의 방법으로 무엇이 있는가. 프리기아의 왕 고르디우스가 맨 복잡한 매듭을 사람의 손으로는 도저히 풀어낼 재주가 없는 것이다. 늠름한 왕검으로 그것을 보기 좋게 두 동강으로 낸 알렉산더의 용기는 세상에 없을까. 백두산에서 가장 큰 전나무를 베어내고 장백산의 짐승의 털을 죄다 뽑아 위대한 한 자루의 붓을 만들어 가지고 동해의 푸른 물을 찍어 한 획에 거리와 생활을 말살해버렸으면 오죽이나 통쾌할까. 그것이 어렵다면 머릿속에서 뇌수를 쏟아내서 물에 절레절레 헹궈 모든 지식의 기록을 떨어버리고 백지의 상태로 하여 다시 머릿속에 수습한다면 천치가 되어 마음속이 얼마나 편안하고 시원할까. 그렇게 할 수 있다면 미례와의 사이도 편안하게 안정될 것이나 그렇지 않은 이상 언제까지나 불안한 마음으로 고르디우스의 매듭을 얼싸안고 괴롬의 술래잡기를 계속하는 수밖에는 도리가 없을 듯하다.

이제는 거의 병적 악마적 생각에 잠기면서 문오는 미례와의 약속의 장소로 걸음을 빨리하였다. 그 으슥한 차점은 거리에서 동이 뜨다. 수다스럽지 않은 숨은 그곳에서 문오는 가끔 미례와 만나는 처지였다. 주일에 한 번씩 요리를 먹으러 거리의 식당에 나타나듯 주일에 며칠씩을 미례를 보러 차점에 이르는 것이었다.

    거리의 수많은 사람들 속에서 왜 하필 미례는 나를, 나는 미례를 피차의 반쪽으로 구하게 되었을까. 그것은 일원적 통일의 길이 아니요, 도리어 문란의 길이요, 가시덤불의 괴롬인 것을.

    어지러운 거리를 어지러운 사랑을 맞으러 걸어가는 자신의 꼴에 문오는 문득 운명적 인간의 꼴을 본 듯 느꼈다.

2

"유도해보신 일 있어요?"

"호신술을 배우겠단 말요?"

문오는 미례의 낮은 어조를 주의하였다.

"사람이 목을 눌리고 몇 분 동안이나 참을 수 있나 해서요."

"글쎄. 뱀은 죽었다가도 피어난다더구만."

"그럼 사람의 목숨도 뱀만큼 질긴 셈이군요. 저는 목을 눌리고 오 분 동안이나, 완전히 담배 한 개 탈 동안 참았으니 말예요."

문오는 놀라 미례를 찬찬히 바라보았다.

"목에 멍이 조금 들었을 뿐이지 생명에는 별 이상 없었으니까요."

미례의 목덜미에 남겨진 손가락 자국만 한 푸른 멍이 문오의 마음을 아프게 하였다. 자기 때문에 받는 미례의 수난이 최근에 와서 더욱 심함을 알고 마음이 말할 수 없이 슬프다. 불안정한 삼각형의 위협이 다시 한 번 마음을 스친다. 삼각이 일원으로 통일되려면 개중의 하나가 권리를 버려야 할 것임을, 세 개의 뜻이 균등하니 대체 어떤 해결을 지어야 옳을 것인가. 미례의 남편의 위인을 생각할 때 문오의 마음은 결코 평화스러운 것이 아니었다.

"이름을 자꾸 대라니 견딜 수 있어야지요."

"시원하게 대보지."

"큰일 나게요. 결투라도 하려고 할 것을요."

"결투!"

문오는 어깨를 으쓱하였다. 결투…… 마음이 섬뜩은 하였으나 차라리 그것이 손쉬운 해결의 방법이요, 정리의 길일 것같이 생각되었다.

"결투하지."

"마세요. 그가 당신보다 훨씬 장골이에요."

식은 커피가 입에 쓰다. 잔 바닥에 남은 검은 깡치가 근심스러운 마음같이 걸차게 입술에 엉겨붙는다.

"어떻게 하면 좋아요?"

"……"

해결의 길이 없듯이 대답도 있을 수 없다.

"글쎄……"

하릴없이 흔든 찻방울을 손가락에 찍어 잠자코 탁자 위에 낙서를 하는 문오였다. 글자를 쓰다가는 지우고 쓰다가는 지우고…… 나중에는 그림을 그리기 시작하였다.

"무슨 장난이세요?"

미례는 탁자 위에 그려지는 그림을 하염없이 한참이나 바라보더니 문득 외면해버렸다.

"왜?"

"점잖지 않게."

미례는 문오의 그림을 오해한 모양이었다. 발갛게 물든 미례의 귓불을 바라보며 문오는 도리어 미소를 띠며,

"무엇으로 알고 그러우?"

"원."

"망칙한 것이 아니오. 미례의 눈이오. 눈방울, 눈시울, 속눈썹 그리고 이것은 눈물, 방울방울 떨어지는 눈물."

문오는 오늘 미례에게 하여야 할 가장 중대한 이야기를 가지고 있었다. 미례를 놀라게 할 그 중대한 소식을 전하려면 엄숙하게보다도 객설스럽게 괴덕스럽게 시작하는 수밖에 없었다.

"눈물은 왜요?"

"내가 지금 한마디 말하면 미례는 이렇게 눈물을 흘릴 것이니까 말요."

"무슨 말이세요? 설마 저를 잊겠다는 말은 아니겠지요."

"결과에 있어서는 그렇게 될지도 모르지."

"뭐라고요? 또 한 번 말씀해보세요."

미례의 어조는 금시 변해졌다. 문오는 눈을 꾹 감고 입을 열었다.

"서울을 떠나게 되었소. 너무도 창졸간에 작정이 되어서 미처 말할 기회가 없었던 거요."

문오는 이번에 학교의 연구실을 나와 지방 어느 회사에 직업을 얻게 되었다. 학교와 연구실에서 오랫동안 철학을 연구하였음에도 당치도 않은 회사로 가게 된 것부터가 생활의 정리와는 무릇 인연이 먼 것이었다.

"언제쯤 떠나세요?"

"남은 일이 대강 정리되는 대로."

갸름하게 내려 감긴 미례의 속눈썹은 안개

나 낀 듯이 깊은 그림자 속에 젖었다.

　마치 그 괴로운 정경을 구하려는 듯이 이때 가게의 여주인이 두 사람에게 과자 접시를 날라왔다. 문오는 문득 놀라운 것을 발견하였다. 여주인의 왼편 손에 손가락이 하나 없는 것이다. 무명지가 있어야 할 곳이 비고 따라서 손가락과 손가락 사이가 이 빠진 것같이 떴다. 선천적인지 혹은 후천적인지를 관찰할 여유는 없었으나 오랫동안의 단골임에도 불구하고 모르고 지내던 것을 공교롭게도 이날 처음으로 발견하게 된 것이 한 놀람이었다. 문오는 새삼스럽게 여주인의 얼굴을 바라보고 일신을 훑어보았다. 빈틈없는 용모에 왜 하필 손가락 하나가 빠졌을까. 삼신의 불찰일까 혹은 장난일까. 이상스러운 것은 여주인의 인상이 별안간 그 순간부터 지금까지와는 판이해지는 것이다. 결점 없이 완전하게만 보이던 그가 그 한 점의 흠으로 말미암아 금시에 마치 이빠진 그릇을 대하는 듯한 인상을 주기 시작하였다. 그것은 곧 문오 자신의 머릿속에 이가 한 대 빠진 것과도 같다. 결국 그의 머릿속에는 부정리의 사실이 또 하나 늘어 그의 마음을 불안정하게 휘젓는 결과가 되었다. 그는 자신의 일도 미례의 처지도 잠깐 잊어버리고 여주인의 일신을 한참 동안이나 생각하는 것이었다.

"적적들 하신 것 같으니 레코드나 한 장 걸까요?"

여주인은 친절하게도 축음기 앞으로 나아갔다. 단골인 터라 두 사람의 은근한 사이도 벌써 대강 짐작하고 동정하는 눈치여서 간간이 그 정도의 친절을 베푸는 것이었다.

이윽고 〈제 두 아무르〉의 노래가 흘렀다. 두 사람의 애인을 가진 여자의 노래가 낭랑하게 흘렀으나 그것은 미례의 현재의 정서와 심경과는 거리가 먼 것이었다. 미례는 꽃같이 잠자코만 앉아서 서글픈 표정으로 노래를 듣고 있다.

'거짓 손가락이라도 하나 맞춰주었으면…….'

노래가 끝날 때까지도 문오는 여주인의 손가락 걱정을 하고 있었다. 지금에는 무엇보다도 손가락의 일건이 마음속을 파고들었다. 공연한 것을 발견하게 되었다. 모처럼 단골로 다니던 차점도 손가락으로 말미암아 이렇게 마음을 쓰게 된다면서 다시 더 올 수 없지 않은가…… 하고 생각하였다.

3

문오는 돌아오는 길에 친구의 병원에 들렀다. 요사이 의사에게밖에는 말할 수 없는 일종의 육체의 비밀을 가지고 있었다.

모르는 결에 피부의 전면에 일종의 풍진이 쪽 돋은 것이다. 어느 때 어디서부터 시작되었는지는 알 바 없으나 기억의 시초는 처음 몸에 벌레를 얻었을 때였다. 거리의 목욕간에서 얻었는지 그렇지 않으면 비밀한 곳에서 묻혔는지 가릴 수 없으나 벌레는 어느 결엔지 맹렬한 세력으로 번식하기 시작하여 거의 피부를 먹어버리려는 듯한 형세였다. 즉시 의사에게 의논하지 않고 매약점에서 사 온 수은고水銀膏를 대중없이 바른 것이 일을 저지르게 된 원인인지도 모른다. 몹쓸 벌레 꼴 보라는 듯이 하루도 몇 번씩을 벌레 위에 더덕더덕 바르곤 한 것이 이틀을 지나니 벌레의 형적은 사라진 모양이었으나 이번에는 반대로 수은고의 세력이 거의 피부를 먹어버리려는 듯이 모질게 헤어지기 시작하였다. 쌀알 같은 붉은 점이 불똥을 끼얹은 것같이 쪽 돋더니 그것이 차차 부분을 중심으로 육신의 위와 아래로 퍼지기 시작하였다. 알고 보면 수은고의 중독이었으나 몹시 가려운 판에 자연 손이 자주 가고 한번 긁기 시작하면 피가 용솟음치고 머릿속이 하고 마치 미칠 듯이 육신이 수물거렸다. 공교로운 것은 그때를 전후하여 마침 팔에 우두를 맞게 된 것이다. 과거에 한 번도 터본 적 없던 우두가 이 해에는 웬일인지 유난스럽게도 트기 시작하여 팔 위에 온통 커다란 종창을 이루게 되었다. 한편 근실근실 몹시도 부근이 가려웠다. 우연히 만나게 된 이 우두 바람과 수은고의 독중이 한데 어울려 마치 살 곳을 만난 듯이 피부의 전면을 침범하였던 것이다. 그제서야 하는 수 없이 의사에게 뛰어가고 약을 바르고 주사를 맞고 하게 되었으나 물론 좀체 쉽게 가라앉지는 않았다. 그 어떤 서슬에 손이 가기 시작하면 피부가 벗겨져라 살이 으끄러져라 흥분되어 정신없이 긁게 되었다.

"차라리 잘 드는 해부용 메스로 피부를 한 꺼풀을 벗겼으면 시원할 것 같구먼."

"왜 그리 악착스럽게 악마적으로만 생각하나? 자네 요새 확실히 신경쇠약증이 농후해."

의사는 친구의 정의로 도리어 문오를 가엾게

여겼다.

"신경쇠약이라면 확실히 요새 그런 증세 같기는 하나."

"당분간 철학을 그만두는 것이 어떤가? 회사로 가게 된 것은 자네를 위하여는 큰 행복일세. 둘에다 둘 넣으면 넷 되는…… 이같이 완전한 정리가 세상에 또 있나. 얼마 동안 세상과 담을 쌓고 숫자만 노려보고 살면 얼마간 마음이 유하여지리."

"실없이 놀리는 셈이지."

"진정의 말이야. 피부를 벗기느니 뭐니 그렇게 조급하게 구는 것이 자네 말하는 소위 인생 정리의 길은 아닌 듯해. 설레지 말고 과학적으로 천천히 유하게 하는 동안에 정리도 되어가는 것이 아닌가."

"그렇게 과학이란 안타깝단 말이야."

"과학은 허황한 시가 아니고 확실하고 면밀한 것이야. 과학의 위대함을 설마 자네가 모르는 바 아니겠지만."

"위대함을 아니까 말이네. 그 위대한 힘으로 나의 말초신경을 모조리 뽑아 없애주지 못하겠나?"

"말초신경을 뽑기 전에 피부를 고치세그려, 피부가 정리되면 예민한 자네 말초신경도 무지러지고 마음은 적이 편안해질 테니."

"생각대로 해주게. 그러나 자네의 그 위대한 과학의 힘으로도 나의 연애까지야 바로잡아 줄 수 있겠나."

"자네의 연애가 어떤 것인지는 알 바 없으나 어떻든 이것이나 한 대 맞고 가 누워서 애인을 기다리든지 말든지 생각대로 하게 그려."

친구는 누런 분말을 푼 약즙을 푸른 주사기에 넣고 바늘을 꽂았다.

"요번엔 무슨 주산가?"

"살균소독제."

충분히 주의하여 천천히는 놓았으나 약즙

이 정맥 속에 풀림에 따라 몸이 훈훈히 달고 구역이 날 듯 날 듯 하였다. 마치 칼슘 주사를 맞을 때와도 같은 느낌이었다.

"체질에 따라서는 별안간 신열이 나고 몸이 떨리는 수도 있으니 일찍이 가서 눕는 것이 좋겠네."

"오늘은 과학의 말을 믿을까."

분부대로 오는 그길로 즉시 셋방으로 돌아와서 책 서류 등 그날로 정리해야 할 것도 많았으나 일찍이 자리 속에 누웠다. 물론 벌써 밤도 가깝기는 하였으나.

어느 길엔지 잠이 깜박 들었다.

얼마 동안이나 잤던지 눈을 떴을 때에는 육신이 부들부들 떨렸다. 눈이 뜨인 것도 몸이 몹시 떨리기 때문인 듯하였다. 떨린다고 생각하니 더한층 휘둘린다. 찬물을 끼얹은 듯이 등허리가 찬데다가 이빨이 덜덜 갈리고 몸뚱아리는 흡사

영험이 내린 신장내 모양으로 부들부들 흔들렸다. 이를 물고 배에 힘을 쓰고 사지를 곧게 펴보아도 헛일이다. 중심이 둘러 파인 헤까운 육신에 힘을 주려야 줄 곳이 없다. 중추를 잃어버리고도 파도의 희롱을 받는 난파한 기선의 꼴이란 바로 그런 것이 아닐까. 나뭇잎같이도 바람개비같이도 가벼운 사람의 몸. 하잘것없는 육체에 문오는 환멸을 느꼈다. 거리를 거닐 때에 의젓이 서서 의젓이 걸으며 철학이니 과학이니 고집스럽게 논의하는 인간의 꼴이 결국 이렇게 보잘것없이 휘둘리는 한 장의 나뭇잎임을 느낄 때 괴로운 경우임에도 불구하고 한 조각의 서글픈 갈등이 가슴속을 파고들었다.

"어떻게 된 노릇이에요?"

말소리에 겨우 정신을 차리고 보니 옆에 미례가 와 앉았다.

사람의 거래가 빈번한 문오의 방에 미례가 찾아옴은 두 사람 사이에 작정된 금단의 율칙

이었으나 문오의 움직이는 소식을 들은 판에 그
것을 무릅쓰고 이 밤에 찾아온 모양이었다. 어
떻든 몸이 금시에 날아버리는 것같이 불안스럽
고 외롭던 판이라 적이 반가웠다.

"맥이 풀려 기운을 쓸 수가 없구려."

약한 미례의 손이건만 그것이 손아귀에 탐
탁하게 믿음직하게 쥐여졌다.

"몸을 좀 눌러주우, 한결 힘이 날 것 같으니."

미례는 번듯이 몸을 기울여 문의 배를 눌렀
다. 그것을 주초삼아 문오는 기운을 낼 수 있었
다. 든든한 기둥이나 붙든 듯이 몸과 마음이 안
정되었다. 잔약한 여자의 몸이지만 이 밤에는
늠름한 위장부의 풍격이 있어 보였다. 문오는 그
에게 거의 전신을 의지하고 두 팔로는 그의 어
깨를 한사코 붙들었다. 갈리던 이도 안정되고
떨리던 몸도 차차 가라앉아 갔다.

미례의 입이 눈앞에 가깝다.

"별안간 웬일예요?"

"주사를 한 대 맞았더니 그렇구려."

"무슨 주사요?"

"글쎄……."

주사 말을 하고 앞에 가까이 미례의 얼굴을 대하게 되니 문오에게는 문득 아까 병원에서 친구가 던진 말이 생각났다.

'…… 어떻든 이것이나 한 대 맞고 가 누워서 애인을 기다리든지 말든지 생각대로 하게그려.'

의사가 무심히 던진 그 한마디는 마치 예언과 같이도 적중되어 기대하지도 못하였던 미례가 지금 눈앞에 나타나 있게 되었음을 공교롭게 여기지 않을 수 없었다. 의외로 미례를 눈앞에 불러 괴로운 그에게 의지할 힘과 따뜻한 체온을 주게 한 것은 물론 주사의 힘도 의사의 말도 …… 과학의 소치는 아니었으나 결과에 있어서는 그렇게 된 일종의 공교로운 암합이었음을 문오는 괴이하게 여겼다.

그러고 보니 미례와 그런 자태 그런 모양으

로 그렇게 가깝게 만나 몸을 서로 의지한 것도 펙은 오래간만이었다. 피부에 비밀이 생긴 이후 문오는 그 변을 미례에게 이야기하지 않았고 가까이 만나기와 몸을 드러내놓기를 꺼렸다. 미례의 얼굴에 완연히 보이는 섭섭한 표정을 살피면서도 끝내 몸의 비밀을 보이지 않은 채 그날에 이르렀던 것이다.

"주사는 왜 맞으셨어요?"

거기에까지 이른 이상 문오는 그에게 몸의 비밀을 더 숨길 필요가 없음을 느꼈다. 모든 것을 모조리 이야기하지 않을 수 없었다. 듣고 난 미례는 빙그레 미소를 띠며,

"옳지 알았지. 지금까지 그렇게 까다롭게 괴벽스럽게 냉정하게 쌀쌀하게 군 원인이 피부에 있었구먼요."

하고 문오의 턱을 손끝으로 가볍게 받들었다. 마치 귀여운 아이의 턱을 받드는 듯한 시늉이었다.

"산문으로만 들어찬 세상에서는 피차에 숨겨야 할 일이 있지 않겠소. 세상은 너무도 산문으로 들어찼으니까."

"제게 숨기지 않은들 어때요. 붉은 피부를 본다고 송충이를 본 것같이 기겁을 하고 뒤로 물러설 줄 알았어요. 망령두……."

"안 그런단 말요?"

"심술쟁이."

미례는 문오의 목에 덜컥 얼굴을 갖다 묻었다. 문득 코를 만지며,

"코끝에 붉은 게 뭐예요?"

"얼굴에까지 내돋나 보군. 얼마 안 있으면 얼굴이 원숭이같이 새빨갛게 될걸."

"새빨갛게 되면 꽃다발 같게요."

미례는 문오의 괴팍스러운 형용을 이렇게 수정하면서 사실 꽃다발을 안 듯이 문오의 얼굴을 안고 전신을 그에게 의지하였다. 문오는 미례의 몸을 받으면서도 주사의 일건과 의사의 말

이 한결같이 머릿속에 뱅 돌았다.

4

 출발을 앞두고 짐 정리에 문오는 분주하였다.

 한 사람의 살림살이가 왜 이리도 복잡한가. 왜 더 단순하고 가뜬하게 공기와 일광만으로 살 수 없을까 생각하며 불필요한 세간은 될 수 있는 대로 덜고 버리려 하였다. 천장의 거미줄과 책상속의 먼지와…… 사람의 살림에는 그런 쓸데없는 물건까지 덧붙이기로 쫓아다니는 것 같다.

 낡은 세간 그릇은 마병 장사에게 팔 수 있고 휴지는 쓰레기통에 버릴 수 있고 수백 권이나 되는 묵은 잡지는 종이 장사에게 팔 수 있고 서랍 속의 서류는 찢어버릴 수가 있다. 서랍 속의 정리, 그것은 사실 일종의 인생의 쾌사였다. 필요한 것이든 불필요한 것이든 손에 쥐이는 대로 서류와 문서의 조각을 살펴보고 아까워할 것 없이 커다란 용단을 가지고 교만하게 대담하게 쭉쭉 찢어버림이 인생의 쾌사가 아니고 무엇일까. 숫자같이 똑똑 쪼개지지 않은 인생에 있어서 그와 같이 통쾌하고 자취 맑은 정리가있을까. 고르디우스의 매듭을 칼로 끊은 알렉산더의 용단과 쾌미와도 흡사하다 할까. 서랍 속을 정리하며 문오는 일찍이 맛본 적없던 위대한 쾌미와 시원한 감정을 느꼈다.

모든 것을 그와 같은 용단으로 정리할 수 있었으면 오죽이나 좋을까. 눈에 보이는 것을 모조리 찢어버리고 태워버렸으면 얼마나 세상은 간단해질까. 그것을 할 수 없는 곳에 범부의 '슬픈 운명'이 있는 듯하다. 가령 수십 장 넘어 거의 한 묶음이나 되는 채무에 관한 서류, 그것을 현실 생활에 얽매어 있는 한 사람의 평범한 시민이 교만하게 대담하게 쪽쪽 찢어버릴 수 있는가. 현금 차용 증서, 월부 반환 계약서, 여러 상점의 전표…… 그 많은 글발을 한꺼번에 불붙여 소지 올리고 아울러 아귀 같은 채권자까지도 머리를 끌어 한 단에 묶어 불살라버릴 수 있다면 얼마나 인생은 통쾌하고 세상은 깨끗해질까. 그것을 할 수 없는 선량한 시민의 운명을 문오는 슬퍼할 수밖에는 없었다.

그러나 세간의 정리보다도 더 큰 사건이 차례차례로 왔다. 작별, 출발, 부임, 주택난…….

문제의 주사는 살바르산임을 알았으나 그 위력에도 불구하고 풍진은 쉽사리 사라지지 않고 돋을 대로 돋고 필 데까지 피어버렸다. 근실거리는 몸을 가지고 차례차례로 일을 겪는 동안에 육신은 지치고 머릿속은 톱밥같이 피곤하였다. 확실히 이마에 주름살이 한 줄 더 잡혔을 것 같다.

어떤 경우에든지 작별이란 거개 귀찮고 마

음을 헝클어놓는 것이지만 미례와의 이별은 더 한층 그런 것이었다. 미례와 그와의 사이는 언제 끝날지를 추측하기 어려운 이야기의 도중인 셈이므로 그 이별이 반드시 두 사람의 교섭의 마지막은 아닐 것이나 그래도 그것이 이별인 이상 심히 성가스러운 것이었다. 전송하는 동무들도 많으므로 떠나는 시간에 역에서 만날 수도 없고 하여 전날 밤 차점에서 몇 시간을 같이 지냈으나 미례는 마치 영영 작별하는 사람같이 눈물을 흘리는 것이었다. 대체 눈물이란 일종의 로맨티시즘이요, 감정의 낭비라고 문오는 평소부터 생각하고 있었다. 산문 속에는 눈물이 없는 것이다. 채 정리도 안 된 어지러운 산문 속에서 쓸데없는 눈물로 인하여 공연히 감정을 낭비하게 된 것을 문오는 헛된 짓으로 여겼다.

이별에서 받은 산란한 심사에다 반달 동안 흔들리는 기차 속의 불결, 혼란의 인상이 겹쳐 목적지에 내렸을 때에도 거뿐한 심사는커녕 오히려 무겁고 심란한 생각이 마음을 사로잡았다.

지방의 큰 도회였으나 그 목적지의 인상이 첫째 퍽 산문적이었다. 옛 문화의 유산에서 오는 그윽한 향기와 침착한 윤택 대신에 먼저 눈에 뜨이는 것은 일종의 신흥 도시로서의 분주한 기색과 요란한 혼잡이었다. 대개 아무리 아름다운 곳이라 하더라도 처음으로 찾는 사람에게는 감격을 주는 것보다는 실망과 환멸을 주는 경우가 더 많으니 그것은 그곳을 찾기 전의 꿈이 늘 지나치게 아름다운 까닭이다. 요행 상상에 어그러지지 않는 아름다운 곳이라 하더라도 그곳에 완전히 낯이 익기 전에는 한동안 아무리 하여도 일종의 서먹서먹한 노스탤지어를 느끼는 법이니 문도 그 예에 빠지지 않았다. 노스탤지어라고는 하여도…… 현대인에게는 그리워할 고향이 없기는 하나 일종의 막연한 애수와 서글픈 심사, 그런 것이 가슴속을 우렷이 휘덮은 것이었다. 낯선 곳에서 불안정한 마음에 정리 안 된 많은 일을 앞두고 문오는 적이 슬퍼졌다.

5

유람과 쾌락을 목적으로 하여 특별히 깨끗하게 세운 도회가 아니고는 세상의 거리란 그 어느 거리를 물론하고 대개 불결하고 산란한 것이 원칙인 듯싶다. 사람의 생활 그것이 그러하듯이.

문오는 이 거리에서도 역시 과거에 있어서 본 그 어느 거리와도 똑같은 어지러움을 느꼈다. 규모 있는 정돈이 없다면 차라리 시적 단편이라도 있었으면 좋을 것을 거리에는 온전히 산문의 독기만이 있다. 고르지 못한 길, 쓰러져가는 집, 삐뚤어진 간판, 먼지 속에 사는 사람들,

게다가 때마침 부의 청결 시행의 날이라 집집마다 마치 물고기가 창자를 뱉어놓은 듯이 어지러운 살림그릇을 행길에 뱉어놓고 먼지를 털며 한편 그것을 먹는다. 청결의 날은 먼지를 먹는 불청결의 날이다. 사람은 왜 즐겨 다닥다닥 엉겨들어 먼지 속에서 사는가. 먼지 속에서 나서 먼지를 먹으며 먼지 속에서 복작거리다가 한 세기 동안의 역사도 못 보고 기껏 반세기쯤 해서는 다시 먼지 속으로 사라져버린다. 먼지로 말미암아 확실히 반세기의 목숨은 짧아지는 것 같다. 왜 사람은 맑은 공중에 떠서 살 만한 지혜가 없을까. 얼른 그런 지혜를 가질 날이 오기를 바람이 누구나의 원이 아니면 안 되겠다.

　어수선한 거리 속에서 문오는 한 채의 집을 구하지 않으면 안 되었다.

　이것이 또한 그에게는 커다란 어려운 과제였다.

　집. 사람은 언제부터 이 귀찮은 것을 가지게

되었는지 거의 사람과 운명을 같이하게 되는 이 야릇한 물건, 별을 우러러보며 낙엽 속에 파묻혀 자는 것은 인류의 그리운 옛 꿈이오. 이슬을 피하려면 사람은 불가불 벽과 지붕을 가져야 될 것 같다. 모든 것을 정리하기에 편한 까닭이다. 다 같은 벽과 지붕이나 다 다른 벽과 지붕이다. 집은 각각 다른 성격을 가지고 각각 독특한 때와 전설을 벽에 묻혀간다. 그 성격은 사는 사람의 성격을 규정하고 꾸며가는 것이니 어느 집이라도 다 좋은 법은 없다.

그러나 물론 문오는 욕심을 부릴 형편이 못 되었다. 아무 집이나 그 지붕 아래에서 피부를 긁고 철학을 궁리하고 미례를 생각할 그런 한 채를 구하는 것이었으나 그것이 수월하게 나서지 않는 것이었다. 별안간 인총이 늘어 주택난이 심한 거리라 같은 회사의 동무들도 나서고 거간들을 여럿이나 내세우고 하여 이틀사흘을 구하여도 '작정된' 그 집은 쉽사리 나오지 않았다.

 피부는 고패를 넘어 회복기에 들어가 있었다. 붉게 피었던 쌀알은 어느 결엔지 성창이 되어 굵으면 부연 덕지가 일어나 떨어졌다. 가렵기는 일반이었으나 덕지가 부옇게 떨어짐은 일종의 쾌감이었다. 결국 피부가 한 꺼풀 쪽 벗어지는 셈이었다. 아침에 여관방에서 일어나면 전날 밤에 목욕을 했음에도 불구하고 이불속에는 물고기의 비늘이 허옇게 쌓여 손바닥에 고물같이 쥐여졌다. 그것은 거의 무한히 있는 것 같아서 일어도 일어도 끝이 없었다. 말 털을 손질하듯이 굵은 솔로 서억서억 밀었으면 얼마나 시원할까 하고도 생각하면서 문오는 거리로 집을 구하러 나가곤 하였다.

 집도 많고 거간도 흔하여서 하루 동안에 집도 많이는 보지만 거간도 여러 사람 사귀게 되었다. 거간들은 앞잡이를 서서 네거리를 지나고 행길을 거쳐 뒷골목을 뒤지다가도 금시에 언덕

위를 헤매고 다시 골짝으로 내려가곤 하였다. 그들은 마치 신출귀몰하듯이 삽시간에 동에 번쩍 서에 번쩍 거리를 휘줄거렸다. 한사코 거간의 등 뒤만 따르는 문오는 반날쯤을 걸으면 완전히 지쳐갔다. 한 사람에게 지치면 술값으로 은전 푼이나 쥐여주고는 네거리에서 다른 거간을 붙든다. 나중에는 피곤한 판에 집보다도 거간의 거동에 주의가 쏠리곤 하였다. 집주인을 옹호하였다가도 금시에 문오를 변호하는 구변과 말재주에는 놀라지 않을 수 없었다. 교섭을 성사시키지 못하여 집을 물러나올 때의 거간의 뒷모양은 풀 없는 가엾은 것이었다. 그런 때에 찬찬히 주의하여 보면 거간의 탕건에나 모자에는 먼지와 때가 덕지덕지 절어 붙었다.

그것을 보면 문오는 문득 잊었던 피부를 생각하고 거리 복판에서 벅벅 긁어 비늘을 시원히 떨어트리고 싶은 충동을 느꼈다.

그런지 나흘 만이었을까. 저녁 무렵은 되어

노곤한 몸으로 여관으로 돌아갈 때 문오는 행길에서 우연히 회사의 동무를 만나 집 얻었다는 소식을 들었다. 주위와 동떨어져 부근도 조용하고 뜰에는 나무 포기도 있다는 보고를 듣고 필연코 마음에 들려니 하여 적이 안심되었다. 오랫동안의 심로의 보람이 있었다고 생각되었다. 시급히 새집에 들어 말끔히 목욕하고 방 가운데 누워 더도 말고 온 하루 동안 뜰 앞의 나무를 바라보며 천치같이 지냈으면 하는 충동이 유연히 솟았다.

여관 문을 들어서며 웃음을 띤 것도 오래간만이었다. 웃음에 대답하는 듯이 주부는 다짜고짜로 한 장의 전보를 내주었다. 문오는 뜨끔하여 웃음을 죽이고 불안스럽게 전보를 펴 들었다.

'오후 도착 미례.'

기쁘다고 하느니보다는 아무리 하여도 슬픈 일이었다. 일껏 일신이 조금 정돈되었다고 생각하는 판에 또 무거운 짐이 굴러들어온 셈이다.

잠시 오는 것일까. 영영 오는 것일까. 은밀히 오는 것일까. 공연히 오는 것일까. 철없이 도망하여 오는 것일까. 계획하고 떳떳이 오는 것일까. 그렇다면 집안 처리는 어떻게 하였을까. 남편과의 사이는 어떻게 해결되었을까. 섣불리 하다가는 짜장 결투라도 하게 되고 칼부림이라도 나게 되지 않을까. 문오에게는 미례를 만나게 되는 반가운 마음보다는 먼저 이런 불안스러운 생각이 한결같이 드는 것이었다.

"팔페, 쥬쉬콩탕쁘발!"

상상했던 것과는 딴판으로 홈에 내려서는 미례의 자태는 전에 없던 명랑한 것이었다. 차림도 경쾌하거니와 표정도 가을 하늘같이 맑아 오도깝스럽게 지껄이는 한 구절의 외국어가 맵시와 낭랑하게 조화되었다. 근심과 불안의 그림자는 그의 얼굴에서 멀어진 것이다. 근심 속에서 온 사람이 아니오. 확실히 평화 속에서온 사람임에 틀림없었다.

"노라라고 부르기는 현대적이 아니고 뭐라고 부르면 옳은고."

"노라는 왜 노라예요? 한 사람의 완전한 자유인으로서 떳떳하게 온 것을요."

"자유인!"

"그럼요."

"뒤를 따라오지나 않나?"

주위를 휘돌아보는 문오를 미례는 도리어 조소하였다.

"쓸데없는 걱정하실 것 없어요."

"결투를 안 해도 좋단 말요?"

"정 하시고 싶으면 권투 선수가 권투 연습하듯이 허수아비하고나 겨루시지요."

"도망을 갔단 말요, 승천을 했단 말요?"

"승천이라면 정말 승천한 셈이 되는군요."

"세상을 떠났나?"

"비행가가 되려고 떠났으니 말예요."

"맙소사."

"가정을 없애버렸지요. 그리고 비행가가 되겠다고 동경으로 내뺐어요."

미레는 시원하다는 듯이 한숨을 뽑으면서 뒤를 이었다.

"잘 생각했지요. 창이 난 가정에 언제까지든지 사람을 붙들어둘 수도 없고 하니 모든 것을 점잖게 깨달은 셈이지요. 그런 시원한 성격도 한편 가지고는 있나 봐요. 돈푼이나 흘려 보내고 간 모양인데 바른길 잡았지. 부락스러운 것하고 비행가 감으로는 똑 떼어놓았으니까요."

"비행기 위에서 내려다보고 우리들을 흘길 날이 오겠구려."

"그때 우리는 그 기특한 사람을 떨어지지 말도록 축하해줄 의무가 있잖아요."

"떨어지지 말면 짜장 승천하게."

문오로서는 오래간만의 농이었다.

"미례도 박복은 하우. 돈 구덩이를 버리고 하필 가난뱅이한테로 달려온단 말요."

"농도 한 마디지 두 마디까지 하면 점잖지 못한 법예요."

미례는 눈초리를 가늘게 감으며 귀엽게 항의하였다.

문오 자신도 문득 뜻하지 못하였던 이 저녁의 그의 다변을 깨달았다.

얼크러진 고르디우스의 매듭을 가져올 줄 알았던 미례가 의외로 행복스러운 해결을 가져온 것이 그의 마음을 즐겁게 하였던 것이다.

집과 미례와…… 정리된 이 두 가지의 사실이 문오의 마음을 느긋이 채웠다. 나머지의 모든 불안한 커다란 행복감이 앞에 그림자같이 없어지고 그의 머릿속에서 잠깐 동안 사라져버렸다. 근실거리는 피부도 손가락 하나가 없는 마담의 왼손도 거리의 혼란도 그 속의 거지도 절름발이도 거간의 탕건에 절어 붙은 때 먼지도 지금 그의 머릿속에는 없었다.

    미례와 나란히 서서 걸어가는 앞길에 문득 짙은 갈마빛 하늘이 쳐다보인다. 그곳에 변치 않고 늘 있는 하늘이지만 잠시 잊었던 것이 이제 새삼스럽게 눈 속에 들어왔을 뿐이나 오늘의 우연한 그 한 조각 하늘은 유심히도 맑게 그의 마음을 비추는 것이었다. 넓고 지천한 하늘이 아니요, 천금의 값있는 한 조각의 거울인 듯싶었다. 불안과 혼란은 구만리의 하늘 밖으로 날아버리고 잠깐동안 천지간에는 다만 맑은 하늘과 맑은 마음이 있을 뿐이었다.